地下

ある逃亡

トーマス・ベルンハルト

今井敦 訳

松籟社

Der Keller

by

Thomas Bernhard

By arrangement through Meike Marx Literary Agency, Japan

Translated from German by Atsushi Imai

地下　――ある逃亡――

すべては不規則で絶え間ない運動だ、導きもなければ、目的もない。

モンテーニュ

ほかのみんなは反対方向にいる、と思った。あの忌々《いまいま》しい中等学校《ギムナジウム》を辞めて、自分を救ってくれる商店見習いの職に就いたときのことだ。常識には反していたけれど、朝、参事官の息子と一緒にライヒェンハル通りを歩いて市の中心に向かうのではなく、近所に住む機械工と一緒にルードルフ・ビーブル通りを歩いて、市の周縁へと向かった。草木が繁る庭のあいだを抜け、瀟洒《しょうしゃ》な邸宅が立ち並ぶ道を歩いて、市民と小市民の高邁《こうまい》な学校に向かうのではなく、盲人聾唖《ろうあ》者施設の横を通り、線路の築堤を越え、シュレーバー庭園のあいだを抜けて、レーエン精神病院に近いスポーツ場の板塀を横目に、はぐれ者と、貧しい人々のための高邁な学校へ、狂人たちと、狂人の宣告を受けた者たちの高邁な学校へ、ザルツブルクで争われる大方の訴訟の源、市のもっとも恐れられた地域であるシェルツハウザーフェルト団地へ、そこにある地下食料品店へと向かったのだ。店主のカール・ポドラハは人生にしくじった人だった。ウィーン人らしい繊細な感受性の持ち主で、かつては音楽家を志したが、結局、小さな店の主《あるじ》以上にはなれなかった。採用手続きはごく簡単だった。ポドラハ氏は、店舗横にある、私が待たされていた部屋に入って来ると、短く私を一瞥《いちべつ》し、すぐ、君が望むならここにいるがいい、と言った。ロッカーを開けて自分の仕事着を一着取り出すと、このサイズが合うかもしれん、と言った。着てみるとサイズは合わなかったが、「とりあえず」それを着ていたらいい、と言われた。

ポドラハ氏は何度も、「とりあえず」と言った。そして短く思考を巡らせたあと、私を連れ、客でごった返した店舗を抜けて通りに出ると、隣の建物に入った。その一部が店の倉庫になっていたのだ。昼の十二時までここを掃いておくようにと指示された。見習いになった私の師匠ポドラハ氏は、倉庫のドアにかけてあった箒《ほうき》を素早く取ると、私の手に握らせた。あとは全部昼に話そう。私は倉庫にひとり残された。食品倉庫に特有の湿った空気、いろいろなものが混じった気持ち悪い臭いに包まれ、闇の中で、起ったことのすべてを振り返る時間があった。私は、職業安定所の女職員に息つく暇を少しも与えなかった。たった一時間で求めていたものを手に入れたのだ。シェルツハウザーフェルト団地での見習いの職。人の中に入って、人のために働き、役に立ちたい、と思った。ギムナジウムという、人間が拵《こしら》えた極めて無意味な産物の一つから免れた気がした。自分の存在が、再び役に立つものになったと感じた。悪夢から逃れたのだ。自分が小麦粉、ラード、砂糖、ジャガイモ、粗びき麦、パンを買物袋に詰めている姿が目に浮かび、幸せだった。私は、ライヒェンハル通りの真ん中で踵《きびす》を返し、職業安定所に向かい、女職員に息つく暇を与えなかった。彼女は沢山の住所を見せてはくれた。が、反対方向のものはなかなか出て来なかった。私は、反対方向に行きたかったのだ。倉庫を箒で掃き、十二時になったら言われたとおり施錠して、約束どおり店に入った。ポドラハ氏は私に、助手（ヘルベルト）と、見習い（カール）を紹介すると、君の身の上については何も知りたくないし、何も訊く気はない、必要な手続きだけ片づけて、あとは「役に立つように」振舞いなさい、と言った。実際、ポドラハ氏のほうが思いがけなく、「役に立つように」と言ったのだ。とりわけ強調するでもなく、口癖ででもあるかのように。そしてこの言葉が、私のモットーとなった。何の役にも立たない時代を終らせたのだ、と思った。それは不幸な時代、恐ろしい時代であった。今でもはっきり覚えているが、当時の私には二つの選択肢があった。一つは、自分を葬り去るという選択肢。だが、その勇気はなかった。そして／あるいは、ギムナジウムを辞めるという選択肢。今まさに、この瞬間に飛び出すことだ。自殺はせず、見習い店員になった。人生はまだ先へ進むのだ。家のみんな、特に母と私の後見人はまるで無関心な態度を取ったが、祖父は、この上なく思慮に富んだ、理解ある態度を見せた。新しい状況にみんながすぐ適応して、ごく短い議論すらなかった。というのも、長いあいだずっと私は放っておかれていたから。実際、どれほど孤独だったのか、この時点になってはっきり自覚した。自分という存在を鷲摑みにして窓から投げ捨てるか、家のみんなの足もとに放り投げるか、どちらにしても同じだっただろう。学校鞄《かばん》は家の隅に置いたまま、二度と触らなかった。祖父は失望をうまく隠した。今は、孫が商人として抜群の成功を収めることを夢見て、ほかのどんな精神状態に置かれるより、商いの中でこそこの子の天才は十全に開花するだろう、と言った。私の失敗を時代のせいにし、私が、あらゆる時代の中でもっとも不幸な時代に、再び浮き上がるのは無理と思われるような奈落の底へと、まっさかさまに生まれ落ちたことを嘆いた。自分の経験からこれまでひどく蔑《さげす》んでいた商人が、急に敬うべきものとなり、偉大なところがないとは言えない職業となった。私は、自分の将来に何のイメージもなかった。自分が何になりたいのか分からなかったし、何になろうとも思わなかった。ただ、役に立つ存在になりたいと思った。予期せず急にこの考えに逃げ込んだ。何年ものあいだ、学習工場に通い、学習機械の前に座っていた。学習機械は私の耳をふさぎ、悟性を狂わせた。けれども今、再び私は、あの学習工場なんかちっとも知らない人たち、あんな学習機械には触れたこともなく、それゆえボロボロにされることもなかった人たちと、一緒にいたのだ。今、目の前にあるものを私は愛し真剣に受けとめた。店にいると、日によっては何百人もの客が来た。朝の八時になると、地下のこの店に、お腹を空かし、今にも飢え死にしそうな人たちが、まるで食料庫を襲撃するように殺到した。そうかと思うと、ひとり暮らしの老人や飲酒癖のある女たちしか来ない日もあった。だがいつも、カール・ポドラハの地下食料品店は、シェルツハウザーフェルト団地の中心だった。このあたりにはほかに娯楽施設はなく、飲食店もカフェもなかった。あるのは、住む人を破滅させ、評判を落とすために構築された建物ばかり。その陳腐さ、忌々しさときたら、どんな心情も腐らせ、滅ぼし、壊さずにはおかなかった。女たちは、何も買う必要がなくても、買物の理由がこれっぽっちもないときにも何度も地下に下りて来た。ほとんどの人が困り果て、これ以上居たたまれないと思い、たった二言三言の言葉を交わすため、ただそれだけのためにやって来た。コンクリートの段を下りて来る姿が見えたとき、もう分かった。地下に下りて、店に入ってきたときには、充分すぎるほどはっきりしていた。女たちは、家の恐ろしい状況から逃れ、心を落ち着かせるため、生きる可能性を見つけるためにやって来たのだ。この地下食料品店は、シェルツハウザーフェルト団地に住む大勢の人にとって、いつも、唯一の、最後の救済だったのだ。地下に下りることを習慣にして大勢の人が毎日来たし、ちょっとしたものの調達、例えばバターを五デッカーだけ買うといった具合に、日に幾度となく来ることもあった。お金が足りないからそうしたのではない。生きるために、これ以上はもう耐えられないというときに、地下に下りることで、死を呼ぶような環境から逃げて来るのだった。女たちが店に入るときの狼狽《うろた》えた表情は、彼女らに罪がないことを証していた。こうして今、ようやく私は新しい環境の中で、再び人々と毎日じかに接することが、媒介なく直接繋がることができたのだ。こんなふうに、介在するものなく人々とつき合うことは、何年もずっと不可能だったのだ。まずは頭、次は心情に、学校、そして授業の強制という死の頭巾《ずきん》が被せられ、ほとんど窒息しそうだったのだ。学校、そして学校による強制の外にあるものはどれも、何年ものあいだ、教材という靄《もや》の向こう側にぼんやりとしか認められなかった。今や、再び私は人間を見て、人間とじかに交わっていたのだ。何年ものあいだずっと私は、本と、書類と、本と書類以外の何ものでもない多くの頭に囲まれ、黴《かび》が生えて干からびたムッとする歴史の臭いの中で、自分自身がもう歴史となってしまったかのように存在してきた。それが今、現在のうちに、あらゆる臭いと、さまざまな厳しさを持った現在のうちに存在していた。私がこれを決断し、これを発見したのだ。私は生きていた。これまでずっと、何年ものあいだ死んでいたのに。地下で働き始めてわずか数日で、私の特性のほぼすべて、私の性格の絶対的長所が再び姿を現した。何年ものあいだ埋められたまま、逆効果しかない教育法で覆い隠されていたものが、新しい環境に置かれ、自ずと発展したのだ。この環境をなしていたのは、一方では店の同僚たちであり、他方では顧客としての人間たち、あるいは人間としての顧客たちなのだが、この二種の人々のあいだの緊張関係がとほうもなく有益だということに私はすぐ気づいたし、とりわけこの有益さの中で、私の長所は発展した。この緊張関係の中で働くことは、初めの瞬間から楽しかった。私が見習いになったときにはちょうど食料配給の告知があったから、雇われてほんの数時間後、掃除と片づけだけでなく、夕方、同僚たちの疲れが目に見えてくると、試しにレジに立ってみろと言われた。そして私は、この試験に合格したのだ。初めから私は、役に立ちたいと思っていただけでなく、実際役に立っていたし、私が役に立っているということは、認識されてもいた。地下に来るまでは、何の役にも立たない奴と思われていたのだけれど。見習い店員になる決心をして、私は、役に立たない存在としての何年にもおよぶ時代を断ち切ることができた、それだけの歳になったのだ、と思った。今振り返ると、実際、地下で過ごしたあの数年間が、自分の人生のもっとも有用な時代だったことが分かる。それ以前の数年間が、まるっきり無用だったわけではないことも分かるが、それでも当時、地下食料品店に足を踏み入れ、ポドラハ氏の従業員の仲間入りをしたとき、私は、今までのすべてが完全に無駄だったという百パーセントの感覚を持っていた。地下で過ごした時間は最初の瞬間から貴重な時間で、無際限に意味もなく頭を通り抜けて神経を麻痺させるはてしない絶望の時間ではなかった。一転して私は、強く、自然な、役に立つ存在になったのだ。行く手を阻む困難はまもなく克服された。それどころか、そもそも困難など何もなかった。地下で障害となったものはすべて私自身が望んだものであり、すべてはこれまでの存在からの離反であり、ほぼすべての点における正反対であった。ここで、初めの数日のうちに、すべてが容赦なく明らかにされた。何年ものあいだ恐ろしい時代だと感じていたもの、それがここに来て、実際恐ろしい時代であったことが分かり、何もかも間違った考えで、誤りだったということが急に分かった。私はこれを望んでいたのだ。以前、自分にはこれっぽっちの将来もないと思っていたが、不意に将来が出来たのだ。突然、どの瞬間瞬間にも、とうの昔に死んでいた筈《はず》の魅力が生まれた。以前もよくそうしていたように、私は何度も心の中で念じていた。僕には将来があるのだ、と。ところが、念じていただけではなくて、実際、将来があったのだ。人生を取り戻したのだ。それも、ある日突然、完全に手に入れたのだ。踵を返しさえすればよかったのだ、ライヒェンハル通りで。そう思った。ギムナジウムに行くのではなくて見習い修業に向かえば、学校の建物ではなくて地下に行けばよかったのだ。私は、いつも耳にはしていたが、これまで見たことのなかった人々をシェルツハウザーフェルト団地で見た。こうした不幸な人々、貧困と絶望にまみれた人たちがいることを祖父から聞いてはいたが、間近で見たことは一度もなかった。市の責任者らは、シェルツハウザーフェルト団地の状況を隠そうと躍起だったけれども、新聞は報じていたし、のちに私自身が、「民主国民新聞」の裁判所付き記者であったとき、毎週、シェルツハウザーフェルト団地出の被告人について報道しなければならなかった。彼らのほとんどは、私が地下で見習いをしていた時代に知り合った人たちだった。当時からもう、この人たちが将来被告人席に座ることは予想できていたじゃないか、彼らが被告になったのは、私が地下にいた時代によく知っていた理由からじゃないか。訴訟のあいだじゅう、私はずっとそんな風に考えていた。私が知っている事情を裁判官たちは知らない。それに彼らは、人間の運命を底まで辿ろうとはしないのだ。彼らは次から次へと事件を片づけ、書類を頼りに、いわゆる「動かしがたい事実」に基づいて、判決が言い渡される人間を知ることもなく、判決を受ける人間の環境を知ることもなく、この人の歴史も、この人を裁判で犯罪者のレッテルが貼られるような人間にした社会を知ることもなく、判決を下す。裁判官らはほぼ書類のみを頼りに、残酷で精神を欠いた、まるで感情のない、それどころか精神に敵対的で感情に敵対的な法律を使って、自分たちの前に引き出された人間を破壊するのだ。毎日、少なくとも一度は裁判官が機嫌を損ね、被告人のうちの誰かの人生と存在を破壊した。これを確認するのは恐ろしいことであったし、今でも恐ろしい。とはいえ、今この場で裁判官の仕事を描写しているわけにはいかない。ここで言っておきたいのは、次のことだけだ。地下で見習いをしていた時代から何年も経って、法廷で私は、かつて地下に来た顧客の多くが、傍聴席を仕切る柵の向こう側にいるのを見たし、今なお、新聞を開けば、見習いの時代に地下で知り合った名前を見つけるのだ。地下で出会った運命、シェルツハウザーフェルト団地の人々を、新聞の裁判欄に、三十年経った今もなお、見つけるのだ。なぜ、自分が安定所の女職員に検索箱から何十枚ものカードを引き出させたのか、私には分かっていた。反対方向に行きたかったのだ。この、「反対方向に」という言葉を私は、職業安定所に向かう道すがら、何度も声にして言った。何度も何度も「反対方向に」と言ったのだ。女職員は、「反対方向に」という私の言葉を理解しなかった。私はちゃんと、「反対方向に」、と言ったのに。彼女はきっと、この若者は気が触れていると思ったのだろう。実際私は繰り返し彼女に向かって、「反対方向に」、と言ったから。これっぽっちも私のことを知らないこの人に、まったくなにも知らないこの人に、どうして理解してもらうことができるだろう、と思った。彼女は、私の希望と検索カードがかみ合わず、ほとんど捨て鉢になりながら、次から次へと見習いの職場を提案してはくれたが、反対方向のものは一つもなく、私は断らねばならなかった。別方向に行ければいいということではなかった。反対方向に、私は行きたかったのだ。妥協は不可能だった。ゆえに女職員は、次から次へとカードを箱から引かねばならなかったし、そのカードにあった住所を私は、次から次へと断らねばならなかった。頑として、反対方向を望んだから。別方向に行ければいいというのではない。反対方向でなければならなかったのだ。彼女はできるだけ私に良くしてあげようと望んでいた。それできっと、彼女自身一番いいと思った住所から始めたのだろう。たとえば、市街のど真ん中で見習いができる店、つまり、市の中心部にある最も大きな、とても評判のいい衣料品店を、一番いい住所だと思っていた。そうした一番いい住所ではなくて、反対方向の住所にしか私が興味を持っていないということ、それが彼女にはちっとも理解できなかった。官吏であった彼女は、私をただ、相応なところに落ち着かせたかったのだ。ところが私ときたら、相応なところにはまるで興味がなく、逆に、反対方向に行きたがった。繰り返し私は、「反対方向に」と言ったが、彼女はその言葉に惑わされることなく、繰り返し、いわゆるよい住所を、検索箱から引き出した。今もまだ耳に聞こえるようだ。彼女の声が、市の誰もが知っている住所、最もよく知られた、とても有名な住所を読み上げるのが。だが、そうした住所が私の興味を引くことはなかった。大勢の人がやって来る店、「とても多くの人が」来る店でなければならないのです、と、安定所に来てすぐ彼女に言ったが、「反対方向に」という言葉で自分が何を考えていたのか、説明できなかった。僕は何年ものあいだライヒェンハル通りを歩いて旧市街のギムナジウムに通っていたのですが、今は「反対方向へ」行きたいのです、と言った。彼女は私の意に応えようとしてくれたし、私は頑として引かなかったから、二人で三十分以上も、検索カードでカード抜きゲームを続けたのだ。彼女が検索箱からカードを抜き、住所を読み上げ、私がそれを断った。彼女が箱から引いた住所は、どれ一つ私が求めていたものではなかったから、片っ端から断った。今とは違い、当時のザルツブルクには何百件も見習いの求人があったが、断った住所はどれも、私が望む反対方向のものではなかった。考えられるなかで一番いい住所ではあったが、反対方向のものは一つもなかった。そしてとうとう、シェルツハウザーフェルト団地の、カール・ポドラハの住所が出て来たのだ。ついに、この住所を箱から引くことになった瞬間、女職員は、今までとは違ってためらう風を見せた。彼女からすればまるで問題にならない住所だということが、すぐ見て取れた。ポドラハの住所を嫌々口にしているという風に見えた。嫌々ながらポドラハの名を言い、嫌々ながら詳しい住所を読み上げ、嫌々ながら「シェルツハウザーフェルト団地」の語を発音した。シェルツハウザーフェルト団地という名称はひどく疎《うと》ましいもので、これを口にする際、彼女は嫌悪感を呑み込まねばならなかった。「この住所はあなたにちっとも向いてないわね」、と、はっきり言葉にはしなかったが、まるで考慮に値しない住所だろうという意味のことを、彼女は言った。このときの彼女の様子全体がそれを語っていた。ところが、まさにこの住所こそが、私には、考慮に値する住所だったのだ。なぜならポドラハの店は、まさに反対方向にあったから。この住所こそうってつけだ、まさにこの住所を探していたのです、と言ったとき、女職員は見るからに信じられないという風だった。その名を聞いただけで彼女がゾッとせずにはいられないシェルツハウザーフェルト団地、それは私にとって、途方もない魅力だった。私はただ彼女の反応を確かめるため、幾度も、「シェルツハウザーフェルト団地」と言った。彼女の反応はとても痛々しいものだった。私の顔を何度も覗き込みながら、「シェルツハウザーフェルト団地」と私が言うのを聴き、よりによってこの住所を私が覚えようとしていることに、愕然としていた。彼女はなお検索箱からカードを引き抜こうとしたが、ここでいいのです、この住所が僕にふさわしいと思います、と私は言った。もしこの店に採用されなかったらまたここに来るので、そのときは、シェルツハウザーフェルト団地のポドラハさんの店と同じ、反対方向の職場を紹介してください、と言った。彼女は、私の望みを叶えることができて喜んだ反面、私の思考を垣間見て、ギョッとした様子だった。彼女は検索箱から、私に一番ふさわしい、これ以上ないくらいの住所、人生を先へと進むことのできる住所を探し出したというのに、当の私は、最もいかがわしい、この上なく劣悪と思える住所に飛びついたのだ。シェルツハウザーフェルト団地に行くのをやめるよう、警告したわけではないけれども、彼女が「シェルツハウザーフェルト団地」の語を嫌い、「ポドラハ」の名を憎んでいること、私が「反対方向」と呼んだ方角にあるものすべてを蔑んでいることは、明らかだった。そして私が彼女の好意的提案を退けて、「反対方向」、つまりシェルツハウザーフェルト団地へ行こうとするそぶりを見せたその瞬間、彼女は、私がシェルツハウザーフェルト団地のポドラハの住所をいかに真剣に受け止めているのかを悟り、私にもう、蔑みしか感じなかったのだ。見るからに知的で、二、三時間前まではまだギムナジウム生であったこの若者。ひょっとするとこの若者の行動はすべて、一過性の、おぞましくも凄まじい熱に浮かされた状態にすぎないのではないか（と彼女は考えたのかもしれない）。その若者が、最善の可能性、紛れもなく素晴らしい提案を撥《は》ねつけて、最悪のもの、唾棄すべきもの、恐ろしいばかりか愕然とさせるものを選択できるということが、彼女にはまったく理解できなかった。きっと、この若者のことはもう正気とは受け止めまいと考えて、なんとか心を落ち着かせることができたのだ。私が部屋から出て行ったとき、彼女は、思春期のギムナジウム生によくある一時的な気紛れだと思ったのだろう。だが、若者は二度と来ることはなかった。変に思ったに違いない。精神が惑乱した生徒によくある熱病状態はきっと、あっという間におさまったのだ、と思っただろうか。いや、おそらく私のことなど、すぐに忘れてしまったに違いない。私は学校のメカニズムに何のかかわりも持たなかったし、それゆえ学校のメカニズムに繋がっている人々とも、かかわりを持つことがなかった。だが逆に、地下食料品店にかかわるものすべては、すぐ私を虜《とりこ》にした。この地下食料品店にあるものすべて、この地下食料品店にかかわるものすべてが魅力的だっただけでなく、それらは私が属すべきところ、切望するものだった。自分はこの地下の人間であり、この人たちの仲間なのだと感じた。だが、学校という世界に属していると感じたことは一度もなかった。ライヒェンハル通りが決して自分の道ではなかったこと、自分の進む方向ではなかったことを、今、悟った。私の行くべき道、進むべき方向は、ルードルフ・ビーブル通りだったのであり、ルードルフ・ビーブル通りを歩くときにこそ私は、自分の道を歩んだのだ。レーエン郵便局の前をとおり、ブルガリア人が営む菜園の横をとおり、スポーツ競技場の板塀を横目に、シェルツハウザーフェルト団地の中をとおって、私自身の人々のもとへ向かったのだ。一方、ギムナジウムの方角にあるものは一つとして、一度たりとも私のものではなかったし、ライヒェンハル通りを行く通学路は常に、苛酷このうえないやり方で、間断なく私を自分自身から遠ざける道だったと言える。それは、来る日も来る日も恐怖の中へと向かっていく道であり、そこを進めば、最後にはただ突然の死を迎えることになりかねない道であった。ルードルフ・ビーブル通りを行く道は、私へと至る道だった。来る日も来る日も、ルードルフ・ビーブル通りを歩いてシェルツハウザーフェルト団地の地下食料品店に向かいながら、私は、自分自身へと進んでいると思った。そして日ごと私は、次第に、自分自身へと歩いて行ったのだ。逆に、ライヒェンハル通りを歩いていたときは、いつも自分から遠ざかっている、自分のうちから出て、自分から離れていく、ちっとも行きたくない方角へ進んでいくばかりだ、と考えずにはいられなかった。私は、この道を行くよう強いられていた。私の教育者たち、管理者たち、私の財産管理者、精神的また身体的財産を管理している人たち、いつも誤ったやり方で管理している人たちによって、強いられていたのだ。この恐ろしい、死へと通ずる道を私のために探し出し、私のものと定めたのは彼らであり、一言も反論を許さなかった。にもかかわらず私は突然踵を返し、フィッシャー・フォン・エアラッハ病院の前を通り、ガスヴェルク通りを職業安定所へ向かったのだ。そして道すがら、いや、踵を返した瞬間にもう、今、こ、そ、正、し、い、道、を、歩、い、て、い、る、と思った。何年ものあいだ、朝、目を覚ましたとき考えたものだ、自分の教育者であり管理者である人たちから強いられた道を行くのを、やめなければ、と。だが、その力がなかった。何年ものあいだ、この道を嫌々ながら、頭と神経を最大限緊張させて歩まねばならなかった。ところが不意に、この道を行くのをやめて、踵を返し、百パーセント反対の方角へ行く力を得た。こんな方向転換をするとは自分でもまったく考えていなかった。こんな方向転換は、感情と精神の緊張が絶対的頂点に達したときにのみ可能であり、やり遂げるか、さもなくば自ら命を断つほかないその瞬間にこそ可能なのであり、当時の私のような人間がすべてを向こうに回して抗うことが、もっとも深刻な反逆、死を招く反逆となるときにこそ、可能なのであった。生きるか死ぬかのこうした瞬間には、ただすべてに抗うか、それとも存在することをやめるか、どちらかなのだ。そして私には、すべてに抗う力があったのであり、すべてに反抗して、ガスヴェルク通りの職業安定所へ向かったのだ。市の中心にある学習マシーンがまたもや意味のない犠牲者を求めているとき、私は、ライヒェンハル通りで踵を返したことによって、このマシーンから逃げた。瞬間的に思ったのだ。この学習マシーンの犠牲者、何千、いや、何十万、何百万の犠牲者の一人にはなりたくないと。そして参事官の息子を独りで行かせ、自分は来た方向へ取って返した。自分に力がないということがどんな結果をもたらすか、この日の朝、あまりにもはっきりと分かっていたから、これ以上我慢することはできなかった。メンヒスベルクから飛び降りたくはなかった。生きたかった。だからこの日の朝、方向転換して、ミュルン地区とレーエン地区の方角へ、命がけで走った。急げ、もっと急げ！　この数年のあいだ習慣となったもの、遂には死を招くであろうもの、そのすべてを放り出した。本当に金輪際、すべて置き去りにした。本当に死の恐怖にとらえられ、職業安定所に逃げ込んだ。大抵の人たちが入るようにそこに入ったのではない。死の恐怖に駆られて、そこに跳び込んだのだ。ほんの数分のあいだに、自分の中のすべてを、すべてとは逆の方向に転倒させて、ミュルン地区とレーエン地区の街路を走った。職業安定所へと、死の恐怖に駆られて。今でなくちゃもう駄目だ、と思った。今、この瞬間でなければならない、それは明白だった。これまであまりに多くの傷を負っていたから。ここでなお躊躇《ためら》っている余裕はなかった。職業安定所の建物に入る段をのぼりながら、なおもこの建物を通り抜けなければならないのか、と思った。この、嫌な気持ちにさせ、心のうちに恐怖を呼び起こす、考えられる限りあらゆる貧困が芬々《ふんぷん》としている職業安定所の建物を。この、ほかのどんな場所よりも存在抹殺の味がする、憎むべき建物を通り抜けて行かなければならない。そうすれば救われるのだ。生き延びるための職、見習いの仕事を紹介してもらわないうちは、この恐ろしい建物から決して出て行くまい、と考え、見習いの仕事を紹介する担当の女職員がいる部屋に、足を踏み入れた。何の見習いになりたいのか、ちっともイメージが湧かなかったが、その職員の前に立っている時間が長くなるにつれ、段々はっきりとして来たのは、この見習いの仕事は（私はただ働きたいというだけでなく、見習いになりたかった）できるだけ多くの人と接し、できるだけ役に立つものでなければならないということであった。女職員が検索箱の中をあちこち探しているあいだ、心に決めた。食料品店に行こうと。ずっと独りで専念しなければならないような仕事、例えば何かの職人のような仕事は、考えのほかだった。なぜなら私は、人の中に入っていきたかったから。それもできるだけ多くの人の中へ。できるだけ気持ちを高揚させる状況の中へ。それは最大限、これ以上ないくらい人の役に立つ仕事でなければならなかった。人間とは、意思疎通が際立って苦手な存在である。それゆえ見るからに理解力を欠いている。女職員は、私を理解することはできなかったけれど、私が語る言葉は理解した。私が彼女にとって実際、これ以上ないくらいに負担となり、耐え難い存在となったその瞬間、彼女は検索箱から、ポドラハ氏の住所が記載されたカードを引き出したのだ。その間ずっと彼女は、私のことを気が触れていると思っていて、決して真に受けていなかった。結局もううんざりして、この若者から解放されることを願い、面談にいわば終止符を打つため、ポドラハの住所を箱から引き出したのだ。あるいは、私の行動は熱に浮かされたものだと考えて、この若者が抱える問題は数時間もしたら解決済になると思っていたのかもしれない。彼女がどのように考えていたにせよ、私は、充分成功の見込みがある住所を受け取るまで、この場を離れまい、と心に決めていた。私の意図の真剣さを彼女は疑っていたし、おそらく私の現時点の精神状態にも疑念を抱いていた。思春期とは、おかしな現象を生み出すものだ、若いギムナジウム生が職業安定所に駆け込んで、食料品店店主の住所を尋ねるといった事象も、そうしたおかしな現象の一つだ。その住所があれば幸せを摑める、少なくとも数時間を、耐え難いと感じられた一日を乗り切ることができる、と信じて。だが、私にとって、この決心は覆すことのできないものだった。もしかすると、一瞬にして落下したのかもしれない。学校の強制という、まずもって恐ろしい高みに張られた綱から、現実へ、食料品店の見習いへと。まだ私は、シェルツハウザーフェルト団地にあるポドラハの店の住所に、何が、誰が隠れているのか、知らなかった。女職員に別れを告げてその場を離れると、職業安定所からガスヴェルク通りに飛び出し、シェルツハウザーフェルト団地へと走った。この時点まで私は、シェルツハウザーフェルト団地をその名称しか、ザルツブルクの恐怖街、、、そのものということしか、知らなかった。が、まさにこの恐怖街にとんでもなく惹きつけられた。私は全力で走り、間もなく当の住所を見つけると、すぐ地下に下りて自分を紹介した。気がついたら店舗横の狭い部屋の中で、ポドラハの机の傍に座っていた。ギムナジウムでは生徒たちが今、生徒であるのと同じように、と私は考えた。カール・ポドラハの地下室の印象に親しみながら。ひょっとすると、この地下室に自分の将来があるのかもしれない、と思った。そしてこの地下室に留まることを考えれば考えるほど、自分の決断の正しさがよく分かった。一瞬を境にして、それまで自分の社会であった社会から逃れ、ポドラハ氏の地下室に入った。そこに今、私は座り、あの中背で、小太りの、特に親切にも不親切にも見えない男の決定的な言葉を待っていた。この男に期待していたのだ、自分の存在の救済を。初めて会った瞬間、私はどんな印象を与えたのだろう。細く開いたドアの隙間から、この人がただ、「店長」とだけ呼ばれているのが聞こえたが、この人自身の声は柔らかく、それでいて信頼感を生むものだった。ひとりで待っていた十五分ほどのあいだに、ポドラハの下で見習いになりたいという私の望みは強くなっていった。氏は知的な男に見え、少しも低俗に見えなかった。ギムナジウムではすべての人間関係がどうにも難しかったし、他の生徒たちとも教授陣とも、ほぼどんな場合にも親しくなるのは無理だった。私とみんなのあいだには距離があったばかりか、ほとんどいつも敵対的な、あるいは敵意に満ちた緊張があって、時が経つにつれて徐々に私は、まったく逃げ場のない孤独へと落ちていった。それに、家で身内と接することも、実に難しい状態がずっと続き、かろうじてできるという程度のものだったが、逆に地下食料品店では、人とのつきあいをちっとも難しいと思わなかった。それどころか、自分でも不思議に思ったのだが、同僚や団地の客たちに対して、まったく何の問題も感じなかった。団地の客たちとは最初から申し分のない意思疎通ができたし、よく了解し合っていた。シェルツハウザーフェルト団地に住む人々と世間話をするのも、彼らとのつきあいにも、これっぽっちの困難もなかった。間もなく私は、昼間自分が働いている舞台に慣れていった。時とともに、住民のほぼ全員を知るようになった。もちろん、初めに知り合ったのは、工場や炭鉱、道路、鉄道で働く労働者の細君たち、その子供たちだった。最初は、重くなりすぎた買物袋を家まで運んであげたことで、彼らの住居に入った。いっぱいに詰まった買物袋や、五十キロのジャガイモ袋をいくつも、いろいろな建物に運んで、シェルツハウザーフェルト団地の内側の世界を知るようになった。そしていろいろな話をしながら、内部を観察した。地下にやって来る女や子供たちを通して、彼女らの帰りを家で待っている男たちを知るようになったし、生まれたばかりの赤ん坊や年寄りたちを知るようになった。間もなく私は、外側は以前から知っていた建物一棟一棟の内部も、よく知るようになった。そして、シェルツハウザーフェルト団地で話されている言葉も、分かるようになった。それは、わが家で話され、また市街で話されていた言葉とはまるで違っていて、シェルツハウザーフェルト団地以外のレーエン地区で話されていた言葉ともまったく違う、この団地特有の言葉だった。シェルツハウザーフェルト団地の住民は、レーエンの他の場所に住む人々よりも強く、はっきりした言葉で話していたのだが、間もなく私は、シェルツハウザーフェルト団地の人々と、彼らの言葉で話すことができるようになった。それは、彼らの考えを考えることができるようになったからだった。ここでは、みんなが何ごとかを待っているという風だった。そしてシェルツハウザーフェルト団地での思考とは、何ごとかを待っている思考なのであった。シェルツハウザーフェルト団地は、ザルツブルク市の日々ゾッとさせる美的欠陥であったし、市の政治家たちはこの美的欠陥をはっきりと認識していた。市の美的欠陥としてシェルツハウザーフェルト団地は日刊紙のいずれかの欄に、訴訟報道や、住民をなだめる州政府の告知文の中で、繰り返しその名前が出てきた。そしてザルツブルクのこの美的欠陥に住む人々は、自分たちが総体としてザルツブルクの美的欠陥を体現しているという事実を自覚していたのだ。彼らはどんどんこの美的欠陥となっていったし、ここには、市がおし黙りおし隠そうとしたものすべてが、普通の人なら逃げてしまうような、逃げられるなら逃げてしまうようなものすべてが見出された。ここはザルツブルクの汚点であったし、今なおシェルツハウザーフェルト団地はザルツブルクの汚点のままであり、市の誰もが思い出すたびに恥ずかしくなる汚点、貧困からなる汚点、つまり空腹と犯罪と汚物からなる、他に類を見ないような汚点なのだ。だが、ここの人々はとうにこの汚点と折り合いをつけ、待つ姿勢を取っていた。が、根っこのところではもはや何も期待してはいなかったのだ。彼らは見捨てられ、忘れられ、何度も宥《なだ》めすかされ、そしてまた忘れられた。いつも、選挙が近づくとシェルツハウザーフェルト団地について、ザルツブルクの汚点について話が及んだが、選挙が終わると、選挙前のお決まり行事にすぎなかったものとして、忘れられた。団地の住民は何十年も労苦を共にし、その名を聞いただけで胃に激痛が走るという他のすべてのザルツブルク人に死ぬほど軽蔑されて、彼らなりの誇りを育んできた。自分たちの運命と将来に誇りを持っていたし、いざというときには、自分たちが住むザルツブルクの汚点、同時に「市の最大の恥」（ザルツブルク国民新聞）でもあったこの団地に、誇りを持っていたのである。シェルツハウザーフェルト団地に住むことは、汚い、恥ずかしいシミの真ん中に住むことを意味していたし、市のみんなの考えでは、ここに存在しているのは癩病患者たちであり、この団地について話すことは犯罪に言及すること、正確に言えば、懲役囚やアル中患者について話すこと、実際、アル中の懲役囚について話すことにほかならないのであった。市の人々はみんなシェルツハウザーフェルト団地を迂回したし、シェルツハウザーフェルト団地の出でありながら何かを求めたりすれば、それは死刑宣告に値した。犯罪者のゲットーと称されるシェルツハウザーフェルト団地とは、常に、他の地域に犯罪をもたらすばかりの団地であって、ある人がシェルツハウザーフェルト団地から来たと言えば、犯罪者が町へ来たということなのであった。これについてはいつもあからさまに、はっきり公言されていた。シェルツハウザーフェルト団地から来た人たちは、確かにいつも、おどおどしていた。彼らは何十年にもわたって告発され、軽蔑の的となり、次第に自分たちがよく言われるところの「犯罪者の輩」だと信じざるを得なくなっていた。ある時点から、それは今から四、五十年も昔にさかのぼるが、シェルツハウザーフェルト団地がザルツブルクで争われる裁判沙汰《ざた》の絶えざる供給元となったこと、オーストリアの監獄や刑務所を満たす尽きることのない源となったことは、不思議ではないのだ。警察と裁判所は何十年にもわたってシェルツハウザーフェルト団地と密接にかかわりを持っていたけれど、市当局はかかわろうとせず、いわゆる社会保障に携わる人々は、自分たちのこの上ない無能を隠すアリバイとして、シェルツハウザーフェルト団地を利用するばかりだった。シェルツハウザーフェルト団地で働いていた時代から三十年以上たった今も、ザルツブルクの新聞を開くたび、ザルツブルクの刑事審判、今でもときおり起こる撲殺や殺害審判のほとんどが、シェルツハウザーフェルト団地に関係していることを報じる記事に出会う。三十年前を振り返ってみても、あの団地の状態は悪くなっているとしか思えない。今あそこには、住宅群と、非精神的で反精神的、非夢想的で反夢想的な現代の病的過形成ともいうべき高層ビルが立っているが、三十年前の当時、同じところは原っぱだった。広々した原っぱを越えて私は職場に通ったのだ。盲人聾唖者施設を通り過ぎ、レーエン郵便局の横を通って、原っぱを越え、ごく普通の砂利道を、数えきれないくらい様々な自然の匂いの中を、今この経路ではまったく嗅ぐことのできない草の匂いや土の匂い、沼の匂いの中を歩いた。それが今では、同じところに行っても頭を呆けさせる排気ガスの臭いばかりだ。市街地とシェルツハウザーフェルト団地のあいだには、原っぱと畑地が帯状にひろがっていた。まるでザルツブルク市はこの団地から距離を取りたいのだと言わんばかりに。そこかしこに雑な建てつけの豚小屋があり、そこかしこに小さ目のまた大き目の難民収容施設があり、零落した愛犬家たちの住居や、ある日を境に市から追い出された売春婦たち、アル中患者たちのバラックがあった。市は、市街からちょうどこのくらい遠ければいいだろうと思われる原っぱの中に、安っぽい、殺人的ともいえる団地を建設したのだ。追い出された者たち、貧困にあえぐ者たち、この上なく荒《すさ》んだ、落ちぶれた人々、もちろん、ともすれば病気になってしまうような、絶望の淵におかれた人々の団地、人間粗悪品のための団地を、市が目の当たりにしなくてすむくらい離れたところに作ったのだ。市民は、あえて知ろうとしなければ、生涯この団地のことを知らずに済ますことができた。これがシベリアの流刑施設を思わせたのは、各棟に番号が振られていたからばかりではない。段をのぼって、二階建ての棟の真ん中から狭い玄関ホールに入ると、両方向に、現在ではもう人が住むところとは呼べないような住居に入っていくことができた。それぞれの住まいは一部屋か二部屋の作りで、ひどく子沢山の家族がたった二部屋だけの住居に住んでいた。水回りは廊下にあり、共同便所が一個あるだけで、壁はヘラクリート板[*1]を組み合わせた上に、安いモルタルを塗りつけたものだった。四階建ての棟だけがレンガ造りで、そこには「やや優良」と言われる労働者の家族が入居していて、地下食料品店もそうした四階建ての中にあった。連日、家庭内での暴力事件があり、毎日一度はパトカーが来て、救急車が、殴られたり刺されたりした瀕死の人を救出したし、寝床でみじめに死んだ人や殺された人を運び出すため、遺体運搬車がやって来た。子供たちは大抵いつも道路に出て、――ザルツブルクでは例外的に団地内の道路には名称がなかった[*2]――道路に出れば叫んだり騒いだりする空間があるので、叫んだり騒いだりしていて、その叫んだり騒いだりする声によってシェルツハウザーフェルト団地の恐ろしい静けさ、子供たちの声がなければ死んでしまいたくなるほどの恐ろしい静寂を覆い隠していた。家に帰ると私

＊1　ドイツのヘラクリート社製木毛セメント板。
＊2　現在では名前があり、そのうちの一つは「トーマス・ベルンハルト通り」となっている。

は、見たものについてほのめかすように話したが、いつものことながら人間とは、恐ろしく愕然とさせるような話、非人間的で、まったくもってゾッとさせるような話を聞くと、信じようとしないものなのだ。家のみんなは聞きたがらなかったし、これまでいつもそうだったように、愕然とさせる真実を、嘘だと言った。だが、真実を語ることをやめてはならないし、恐ろしい、愕然とさせる事実を目にしたら、何があっても黙っていてはならない、少しも変えたりしてはならないのだ。私の任務とはまさに、自分が知覚したことを、それがどんな効果を生むにせよ、伝えることなのであり、伝える価値があると思われる知覚、自分が今目にしているもの、あるいは記憶の中で今なお眼前にしているものを、常に報告することなのだ。今、三十年以上を経て振り返ってみると、多くのことはもうはっきりとは見えないが、他のことは、はっきりしすぎるくらいにはっきりと、まるで昨日のことのようにありありと見える。その話を聞いた人たちは信じようとしない。それは自分を守るためだ。ごく自然なことでも信じたがらないことが多い。人間とは、攪乱《かくらん》分子に平和を乱されるのを拒むものだ。私はこれまでずっとそうした攪乱分子であったし、これからもずっと攪乱分子でありつづけるだろう。身内からいつもそう呼ばれてきたし、思い出せるかぎり遡れば、母にしてからが、私を攪乱分子と呼んでいたし、私の後見人から見ても、弟妹たちにとっても、一言言うたび、一行書くごとに私は、いつも、平和を乱す攪乱分子なのであった。生涯ずっと私の存在は人を攪乱してきた。いつも邪魔をし、いつも人を苛立《いらだ》たせた。書くもののすべて、なすことのすべては攪乱であり、神経を逆撫《さかな》ですることだった。人を攪乱させる事実、苛立たせる事実を指摘することによって、私の全人生、全存在は、休みなく攪乱し、苛立たせる存在以外の何ものでもなかったのだ。一方の人間は人をそっとしておくが、他方の人間は人の邪魔をし、神経を逆撫でする。私は後者だ。人をそっとしておくような人種ではないし、そのような性格でありたいとも思わない。今日、シェルツハウザーフェルト団地について何か書けば、それは市当局を攪乱することであり、シェルツハウザーフェルト団地を回想することによって私は、人々を苛立たせる。私は、これまでの人生で一番大切な時期だったと思える見習い修業の時代を振り返りながら、自然とあの、私自身いつもシェルツハウザーフェルト団地を呼び習わした言い方で言えば、人間の辺獄[*1]を思い出すのだ。シェルツハウザーフェルト団地に行くときには、シェルツハウザーフェルト団地に行くとは言わず、「辺獄」へ行く、と言ったものだ。市から追放された

＊1　「辺獄」とは、イエス・キリスト以前の人々や洗礼前に死んだ幼児など、天国へは行けないが、原罪のほかに罪を犯したわけではないため地獄に堕ちることもない人が死後赴く場所とされる。ダンテの『神曲』では、悲嘆に満ちた場所として描かれている。

者たちのために市当局が建設した辺獄に、私は毎日、入って行った。辺獄というものがあるとしたら、そこはシェルツハウザーフェルト団地のようなところだろう、と当時考えた。当時はまだ、地獄があることを信じていたが、今ではもう信じないから、シェルツハウザーフェルト団地が地獄そのものだったということになる。シェルツハウザーフェルト団地の住民にとって、これ以上ひどいところはありえなかった。ここに住む人間たちにはみんな救いがなかったし、毎日のように私は、彼らが破滅していくのを見た。老いも若きも、私がそれまで聞いたこともなかったような病、どのみち死に至る病に冒されており、犯罪としては、これ以上ない恐ろしい罪を犯していた。彼らのうちの大抵はぼろを着るよう生まれついていたし、ぼろをまとって死んでいった。彼らが生涯着ていたのは機械工の作業服だった。狂気の中で彼らは子を作り、隠れた絶望ゆえに痴呆化が進捗し、その子を殺した。来る日も来る日も私は、シェルツハウザーフェルト団地で、生きながらにして体を腐らせていく人々すべての臭いを吸い込んだ。偶然が私を辺獄（地獄）に導いたのだ、と思った。辺獄（地獄）を知らぬ人は、何も知らない、能力のない人だ。思うに、真実を知っているのはそれに見舞われた者だけだ。そうした人が真実を伝えようとすると、どうしても嘘つきになる。伝達されたことはすべて偽りであり、歪曲でしかありえない、つまり、いつも偽りと歪曲しか伝えられて来なかった。真実への意志とは、他のどんな意志も同じだが、事柄を偽りへ、歪曲へと導くもっとも近い道なのだ。そして一つの時代、人生の、存在の一時期を書き留めるということは、それがどのくらいの過去に遡るものかによらず、どれほど長い、あるいは短い期間であるかに関係なく、数百、数千、数百万の偽りと歪曲の集積なのだ。叙述し記録する者は、それらをすべて真実であると、真実でしかありえないと信じているのだけれど。記憶は出来事を正確になぞり、時間的順序に厳密に従うとしても、出て来るのは、実際にあったこととはまるで違ったものなのだ。書かれたことが明らかにするのは、書いた人の真実意志に即したことであるとはいえ、真実に即したことではない。真実とは、決して伝達できるものではないのだから。私たちはある対象を記述し、それを真実に即して、真実に忠実に書いたと信じているが、それが真実ではないということに気づかざるをえない。私たちはある事柄を明らかにするが、それは決して、私たちが明らかにしたと言っている事柄ではなく、いつも別の事柄なのだ。これが真実だ、と言えることを私たちは一度も伝えたことがない。そう言わざるをえない。だが私たちは、これまでずっと真実を伝える試みをやめなかった。私たちは真実を語ろうとしながら、真実を語ることがない。何かを真実に忠実に記述はするが、書かれたものは真実とは別ものだ。私たちは、自分が書こうとしている実情として存在を見なければならないだろうが、どれだけ努力しても、決して、書いたものを通して実情を見ることはない。このことを認識した上は、とうに真実を書く企てはやめねばならなかっただろうし、書くことそのものをやめねばならなかっただろうに。真実を伝えるすなわちそれを示すことが不可能だからというので私たちは、真実を書こうと努めること、それを記述しようと努めることで満足してきた。真実は決して語ることができないと知っているとしても、真実のように語ることで、満足してきたのだ。私たちが知っている真実とは必然的に嘘であり、この嘘は、避けて通ることができないがゆえに真実なのだ。ここに書いたことは真実であるが、真実ではありえないがゆえに真実ではない。これまでの読書人生の中で私たちは、幾度も事実を読んだとはいえ、まだ一度も真実を読んだことはないのだ。いつもいつも、真実である嘘ばかり、嘘である真実ばかり、等々といった具合だ。肝心なのは、嘘をつこうとするか、それとも、それが決して真実ではありえず、決して真実ではないとしても、真実を言おうと、真実を書こうとするのか、ということなのだ。私はこれまでずっと、いつも真実を言おうとしてきた。今ではそれが嘘だったということが分かっているけれども。結局肝心なのは、嘘の真実内容なのだ。理性はずっと以前から私に、真実を言い、真実を書くことを禁じてきた。結局嘘を言い、嘘を書いたことにしかならないからだ。だが、書くことは私にとって生きるために欠くことができない。それゆえ、この理由から、私は書く。書いたことのすべてが、私を通じて真実として伝えられた嘘にほかならないとしても。真実を求めることはできるが、しかし真摯に考えてみれば、真実などないことが証明される。ここに記したことは真実であり、また、真実とは私たちの敬虔な願望でしかないという単純な理由から、真実ではないのである。なぜ今、見習い修業の時代を報告しなければならないのか、なぜあとになってからでは、痙攣《けいれん》するほど躊躇うことがなくなってからではいけないのか。この問いに答えるのは簡単だ。新聞で知ったところによると、ザルツブルク市はシェルツハウザーフェルト団地を取り壊そうとしている。半世紀のときを経験したレンガとヘラクリート社製の証人を。それが辺獄であれ、本来の地獄であれ、いずれにしても更地にして、何十年ものあいだ無益な不幸が数えきれないくらいその内側で起こった壁を、粉々にしようとしているのだ。短い新聞記事を読んだとき、記憶の中でずっと昔に活動をやめていたものが、再び動き始めた。シェルツハウザーフェルト団地、市の継子、誰もがいつもそこから距離を取ろうとしていた恐ろしい住宅団地、これに関する回想メカニズムが、動き出したのだ。シェルツハウザーフェルト団地の出であるとか、中に住んでいると公言すること、あるいは、シェルツハウザーフェルト団地で働いていると言うこと、そもそも、どんなかかわりであれ、シェルツハウザーフェルト団地とかかわりがあるなどと言えば、聞いた者を愕然とさせ、吐き気を催させた。そこの人間だということ、そこと関係していることは一つの汚点であり、人はそこの出であってはならないし、金輪際、これっぽっちのかかわりも持ってはならないのだった。シェルツハウザーフェルト団地の全居住者は、この汚点を一生のあいだ、死ぬまで背負っていた。死ぬまで、というのは、彼らは精神病院か監獄、あるいは墓場に漂着するのであるから。子供たちからして、許されざる者、つまりシェルツハウザーフェルト団地の出身者なのだという精神的、心情的状態の中に生まれついて、生涯、この状態に苦しむのであった。まだこの汚点のせいで破滅していない人たちも、将来、この汚点ゆえに破滅する。たとえ彼ら自身がそれを否認するとしても。シェルツハウザーフェルト団地は一面では絶望のゲットーであり、他面では恥のゲットーだった。シェルツハウザーフェルト団地出の者は、すぐにそれと知れた。どんな町でも、特に大都市なら、経験を積んだ人には相手がどこから来たか、市のどの地区から来たかが分かるのと同じことだ。批判的観察力を持った人なら、会った瞬間から、相手が市内の煉獄から来たのか辺獄から来たのか、それとも地獄からきたのか、すぐに見抜いてしまう。ザルツブルク市では、遠くからもう、辺獄か地獄の住民たち、迷える惑乱した人々が、おぼつかない足取りでこちらへ急いでやって来るのが見分けられた。公には、辺獄などなく、ましてや地獄などないとされていたこの町で、とにかく内面的にも外面的にも不幸な生まれつきの人々が認められたのだ。シェルツハウザーフェルト団地の住民というレッテルを貼られた、アウトサイダーたちだった。国も市も教会もこうした人々の扱いにはとうに失敗し、匙《さじ》を投げていた。シェルツハウザーフェルト団地にいたのは見捨てられた人々であり、周囲にあった倒錯と偽りと嗜好の社会に見捨てられたのみならず、シェルツハウザーフェルト団地の人々自身が、とっくに自分を見捨てていた。彼らはまるで疫病《ペスト》患者のように扱われた。市街のしゃれた店に足を踏み入れた途端に敗北した。どこかの役所に現れると貶《おとし》められ、敗北した。裁判所の前に姿を現した途端、有罪にされ、片づけられた。ザルツブルク市の社会は、シェルツハウザーフェルト団地の住民を総じてハンセン病施設収容者のように見ていたし、住民自身がそう感じていた。ここは刑務所であり、住民自身がそう感じていた。ここにいることは死刑宣告であり、住民自身がそう感じていたのだ。ここにいれば命は萎《な》え、結局のところ絶えず死滅していくこと以外、不可能だった。ところが二、三百メートルしか離れていないところで、倒錯した富と快楽の工場が、世界の独占的支配者として振舞っていたのだ。このシェルツハウザーフェルト団地から脱出して、いわゆるもっとましな自分の道を歩もうと企てても無駄だと、住民はみんな感じていた。そのような脱出を企てた者たち、そうした、もっとましな自分の道を歩もうとした者らの実例が示すのは、脱出の試み、ましな人生を歩もうとする企てが、ずっと深い絶望と、ずっと大きな孤独へ導くばかりだということであった。ある日ここから出て行った者たちは、どこへ行ったのであれ、何をしたのであれ、生涯シェルツハウザーフェルト団地の住民であることに変わりはなかったから、いわゆる異郷にあって命を落としたか、または帰って来て、ここに留まっていた人たちよりなお惨めに、シェルツハウザーフェルト団地で死んでいった。ある者は、オーストリアとドイツのあちこちの町で俳優としてやっていこうとしたが、何年も経って、いわゆる「完全な落伍者」（本人の母親の言）として帰って来ると、半分朽ちたような母親の住まいのソファーの上で、痙攣し、憔悴《しょうすい》して、もはやほとんど人間とは言えない姿でくたばった。昔は間違いなくハンサムな男（母親の言）だったが、到底その面影はなかった。ある者は専属ダンサーとして生きようとした。数十年で何百人もの人がこの団地から出て行き、ある者はアメリカで、ある者はオーストラリアでやっていこうとしたが、彼らは帰って来て、シェルツハウザーフェルト団地で、落ちぶれて死んでいった。母親や父親たちはそれを待っていた。みんな、しばしば氷のように冷たい外国という回り道をして、落魄《らくはく》と死という彼ら本来の目的地へ戻ってきたのだ。一方、彼らの親や兄弟たち、他の親類縁者らは酒におぼれ、酒びたりの中で身を持ち崩していった。子供たちは、望みもしない愚劣と絶望的譫妄《せんもう》の中で日を暮らす酒びたりの家庭に生まれつき、初めから腐らされ、破壊されずにはいなかった。比類なく凄まじい存在としての彼らの人生において、ほとんどの場合、女ならせいぜい掃除婦ぐらい、男なら臨時雇いの労働者や炭人足以上にはなれなかった。彼らはしょっちゅう職場を変え、ひっきりなしに病気や犯罪へと逃げた。つまるところ、凄まじい存在としての彼らの凄まじい人生とは、死を迎えるまで、病気と犯罪のあいだをずっと行ったり来たりすることにほかならなかったのだ。彼らは休みなく咎めだてて非難するメカニズムのうちに生きており、憂さを晴らすことでとにかく息ができるように、何でもかんでも悪く言う。神を咎め、世界を咎め、自分たち自身をも互いに非難しあう。みんな、死の病としての、ひっきりなしに咎め立て悪しざまに言う狂気の中に生きているのだ。彼らには結局のところ、零落と破壊以外の何もない。彼らは零落と破壊によって生きているのであり、ほかの何によってでもないのだ。そして彼らは互いに休みなく腐らせ、壊しあっている。死ぬほど絶望した者が死ぬほどの激しさで生きており、男も女も、病院と精神病院と監獄の中へ、代わる代わる逃げ込んでいる。初め、私はある種の客たちが言うあてこすりを理解せず、何も気づかなかった。そうした毒のあることを言うからといって、他の客より悪い客でもよい客でもなかった。彼らの二義的、三義的、多義的な表現や言い方の底意が分からなかったが、二、三日もすると私にも、彼らが言っていることの意味がはっきりしてきた。とりわけ、なぜ彼らが、市街の人なら当然明言はしないことを話すのか、なぜこうした率直な言葉が自分にとってうなずけるものであり、他の人たちの何も語らぬ欺瞞よりも心地よいのか、分かってきた。一般に下司《げす》だと見なされる語彙、言い方、その数百、数千の変奏を私は、シェルツハウザーフェルト団地で、もちろん、ごく短期間のうちに知ることになった。こうした人たちは歯に衣を着せるということがまずない。彼らの率直さに慣れるのに、ごく短時間しか要らなかった。そして二、三週間、二、三カ月が過ぎると、この点では私自身、発想の豊かさによって、みんなを遥かに上まわることがよくあったし、遠慮もしなかった。家では決して許されなかったことだが、ここで私は、豊かな空想が湧きあがってくるのをそのまま発露できたのだ。それがシェルツハウザーフェルト団地に似つかわしいことだったのは、不思議ではない。地下でごく頻繁に話される話題のメカニズムにひとたび馴染《なじ》んでしまえば、私は勝利した。私は、並外れて豊富な連想力をとことん利用して、無神経この上ない人たちすら凌駕《りょうが》した。当時、青年であった私の若さと魅力、それに加えていつも用意されていた、あらゆる色合い、あらゆる微妙なニュアンスに変容させられる語彙、まさにうってつけだった。地下でなされた世間話には、主な話題が五つあった。食料、セックス、戦争、アメリカ人、そして、これらからずっと離れた話題として、原子爆弾があった。原子爆弾が広島という日本の町に与えた被害については、みんなまだ震撼覚めやらぬ状態であった。食料と、どうやって食料にありつくかというテーマは当時、昼夜を問わず、誰もが関心を寄せていた。もちろん、食料にありつく手段や経路は数多くあった。公式の手段は食糧配給券で、特定の間隔を空けて、特定の食料の調達や在庫状況に応じて、新聞やラジオでいわゆる食料告知がなされ、配給券が使われた。しかし、食料を手に入れる非公式の方法もあった。たとえばアメリカ人との隠れたコネ、詐欺、窃盗、等々。厳密な意味ではみんな、根っこのところで犯罪者になっていた。生き延びるために。地下食料品店も不正と縁がなくはなかった。本来受け取るべき量よりも多く受け取った人たちがいた。私たちの店主は完全に隠し切ったと思っていたのに、露見した。金の腕時計を五百グラムのバター・パッケージ二つと交換したのだ。大型店の社員はよく、小規模店からの賄賂の試みに屈した。私たちの店主は、ひどく不器用なタイプというわけではなかった。そもそもこの時代、非の打ちどころがない人間などいただろうか。

食べ物に関する不正行為は、誰にでも見られるもっともはっきりとした、もっとも自然な徴候だった。自分に割当てられたものではない食料にありつくための不正は、誰もが犯した。彼らは原爆に恐怖心を抱いており、アメリカ人について話すときには無気力に見下したような言い方をすることもあれば、卑屈な言い方のときもあった。彼らはよく戦争を話題にした。女たちは夫の話をしたし、男たちは自分が見た戦場のことを話した。女たちはお喋りしながら夫の怪我を話のヤマにしたたし、男たちはいつも、何かにつけてスモレンスク、スターリングラード、カレー、エル＝アラメイン、ナルビクの話をした。何百回も聞かされたのに、ほぼ毎日、こうした戦場へまた行かねばならないのだった。私たちは、彼らの怪我について、些細なもの、ほとんど取るに足りない細部まで知っていた。セバストポリ近郊で手榴弾の破片が睾丸に当たり、膀胱が機能しなくなった男の話を、本人の妻から何度も詳しく聞かされた。女たちは夫が捕虜になった話をしたので、私たちはいわば間接的に、ロシア軍、アメリカ軍、イギリス軍の収容所がどんなだったか、知ることになった。庶民の男たちの頭の中では、戦場こそが人生のクライマックスであり、勝った戦場か、負けた戦場かはどちらでもよかったのだ。父親やおじがいる者は、ほとんどいつも彼らの英雄譚を聞かされていて、英雄譚の中では敗北も英雄的行為になっていた。戦場での不潔で破廉恥な行為を、戦後、臆しもせずに思い出話の背景に勲章のように掲げた。女たちは地下の店で、夫の英雄的行為や敵の残虐な所業について最大限の感情を込めて、熱っぽく語った。帰還兵たちはいつも英雄ぶった豪胆な話をして、黙っていたのは本当に一生の障害を負った者たちだけであった。彼らからはほとんど何も聞くことができなかった。子供の世代である私たちは、工兵について、山岳部隊について、間もなくすべて知るようになった。ある特定の時点からは、ナルビクについて、トロントハイムについて、カレーやヤイツェ、オッペルン、ケーニヒスベルクについて、いつも同じ話を聞いた。男たちは空《から》になったラム酒の瓶を持って地下食料品店に現れ、瓶に中身を入れてもらっているあいだ、カウンターにもたれて戦争の話をした。彼らが演ずるのは大砲の轟《とどろ》きであり、死者であり、スターリンオルガンとレオパルト、*1 ディートル将軍と、陸軍元帥パウルスだった。代わる代わるヒトラーとチャーチルに悲惨な状況の責任をなすりつけたが、ヒトラーよりもチャーチルを悪く言うことのほうが多かった。そして戦争が終結したあと自分たちがどうやって帰って来たか、そもそも、どうにかこうにか家へ帰りついたのだということを、ほとんど間を置くことなく語った。おそらく彼らは、人に話すことができないときにもその夢を見ていたのだ。戦争は、表面上は終わっていたが、まだ、みんなの頭の中で猛り狂っていたのだ。こうしたら負けなかったろうに、と誰もが言ったが、一方ではまた、こうなることは全部予想していたさ、と誰もが言った。ある人が店のカウンターにもたれかかって、人間にとってもっとも重要なこと、考えるべきことの中核であるかのように、自分の戦争体験を語ったとき、その人はまるで幕僚監部員のように見えた。例外は、腕が一本だけになった人、頭に金属板を埋め込んだ人、脚を付け根まで二本ともなくした人で、彼らは沈黙を守り、どんな戦争談義にも加わろうとはしなかった。大抵、急に戦争の話が始まると店を出て行った。戦争は、いつも男たちの話題の第一だった。戦争とは男たちにとって生涯、注目を集め、気散じを得るための詩的情緒だったのだ。彼らはみんな、持って生まれた自分なりのやり方で下賤《げせん》と低劣の中へ逃げ込むが、まったく非人間的な無感情の中で、息を吹き返した。彼らは早くから憎しみを覚え、シェルツハウザーフェルト団地でその憎しみをあらゆるものに対する最高度の憎しみへと発展させた。憎しみは憎しみで応酬され、彼らは、ほかのすべてと同様にお互いを休みなく、疲弊するまで憎みあった。そして彼らの疲れ切った状態は、自己破壊という目的のための手段にすぎなかったのだ。この状態の中で彼らは一緒になって新たな悲惨を、新しい病気を、新しい犯罪を案出した。一つの悲惨から別の悲惨へ、一つの不幸から別の不幸へ、さらに深く、さらに逃

＊1　「スターリンオルガン」とは、第二次大戦中にソ連軍が使用した連発式ロケット砲のあだ名であり、「レオパルト」はドイツ軍の戦車の名前。

げ場のない不幸へと逃げて、いつも、誰かを道ずれにさらっていった。彼らは周囲に逃げ場を求めたが、叩きのめすことしか知らぬ周囲から、瞬く間にはじき返された。将来の夢へと逃げたが、結局悪夢にほかならなかった。罪ある道へと逃げたが、すぐ監獄に至る道だった。過剰に虚栄心を働かせてみたが、敗者のまま変わることはなかった。夢想や空想の中に逃げたが、夢想や空想は死ぬほど弱らせた。辺獄の住人である彼ら、実は地獄そのものに住んでいた彼らは常に、ただ一つの可能性を除いて、あらゆる可能性を奪われていたのだ。滅びゆくという、たった一つの可能性を別にして。どのような可能性も持たないということ、それが彼らの生まれつきだった。彼らには存在を断つための二つの可能性があり、それ以外の選択肢はなかった。決まった時点で自ら命を断つか、決まった時点で死の病に臥せるか、どちらかだ。生への意志、存在への意志は、ときおりシェルツハウザーフェルト団地にも現れて、不気味な印象を与えることがあったが、辺獄、いや、実は地獄であるここの状況をさらに陰惨にするばかりだった。週末になるとよく、いくつかの窓から、規則的な間を置いて音楽が聞こえた。ハーモニカ、チター、トランペット、ときには歌声も聞こえた。だが、すべては死の朗らかさだった。前日とても綺麗な声で好きな民謡を歌っていた男が、お昼ごろ、私がちょうど店を閉めているとき、[*1]棺に入れられて自宅から搬出された。チターを弾いていた女はしばらくして首を吊ったし、トランペットを吹いていた男は、ポンガウにある結核療養所グラーフェンホーフに入った。謝肉祭の火曜日が、彼らの最高潮のときだった。あらゆる種類の仮面を買い、いわゆる陽気な、またはゾッとさせるような衣装を拵え、この日はまるで野生に帰ったかのように、猛り狂って団地をあちこち走り回った。自分の正体は見破られていない、と思っていたけれど、誰もがすぐに見破られていたのだ。この酔っぱらいの声なら分かるよ、このびっこを引いた歩き方なら知ってるさ、と私は思った。だが、誰だか分かるなどと言ったら、どうなっていたことか。仮装していても、いつものラム酒の瓶を持って店に現れ、一リットル分の借りがあることに変わりはなかった。ここの人々は、市のほかのどこよりも沢山の子を作ったので、埋葬の数も記録的なものだったと思う。彼らが大きな世界と言われるところに出て行ったのは、大抵、彼らのうちの誰かが死に、共同墓地や、リーフェリング墓地で行われる埋葬に参加するときだった。彼らの運命は、わずかな例外はあったが、竪穴墓穴か共同墓穴で終わった。葬儀のあと彼らは会食の献立を作るため、ありとあらゆる食材や珍味を地下食料品店で買い集め、それを付けにした。現金で支払うのは客のうち、ごくわずかだった。みんな、店にい

＊1　当時、オーストリアでも土曜はお昼になると商店は閉じられた。

わゆる帳簿を作らせ、何ヶ月も支払いを滞らせている客も多く、ポドラハ氏がいい加減忍耐を切らすと、払うか、あるいはそれでも払わずに団地内のもう一つの食料品店に行くようになったが、そこでももう買物ができなくなると、またこちらの店に戻って来て、やっと支払うのだった。もう一軒の店の店主はそもそも帳簿というものを作らず、客にごくわずかでも貸し付けるリスクを絶対に冒すことがなかった。結果として向こうの店は、こちらの店よりもずっと小さな売上に甘んじなければならなかったし、実際あちらの店の主は、売り上げだけではほとんど生活していくことができなかった。ポドラハの寛大さ、というよりずる賢さは、利益となって彼のもとに返ってきた。団地のほぼすべての人が彼の店で買物したし、みんな、ひどく絶望していたのでひどく沢山買い込んだ。シェルツハウザーフェルト団地という辺獄、いや地獄に住んでいる住民は、誰もが、食料品や総菜を休みなく買い、消費することによって絶望を耐えられるものにできると信じていたし、最も貧しい人々、最も不幸な人々ほど、最も多く買い込んで最も多く食べ、そして買物や食事を通じてさらにさらに大きな、さらにさらに悪魔的で致命的な絶望の中に入って行くのだということは、よく知られている。彼らは、ほとんど全財産をポドラハの店につぎ込み、給与日になると店はほとんど空っぽになって、倉庫の半分を空けなければならなかった。みんな子沢山だったので沢山の配給券を持っていたし、配給券に縛られず自由に買うことができた品物は、わき目もふらずに買えるだけ買い込んだ。とりわけ、不要なものを大量に買い込んだのだが、そうした、住民にとってまったく不要な品物の調達にかけては、ポドラハはよく機転が利く人で、そうしたものが手に入るところに行って、たとえば鉄の燭台やワインポンプといった物を安値で、数百個も買い込んだ。地下ではその類のものをみんなが買っていったのだ。燭台もワインポンプも使うことはなかっただろうに。彼らは、蠟燭を点《とも》すといったことはしなかったし、ワインは直接瓶から飲んで、グラスに注ぐなどという回りくどいことはしなかったのだ。その種の品物がどれほどおぞましくて、役に立たぬものであったとしても、ごく短時間で売り切れた。飽くことなき購買欲と購買の狂気に住民のみんなが捕われていたこの時代は、ポドラハのような男にとって、商売にうってつけの時代であったし、ありとあらゆる品物を調達する術にかけてポドラハは、私が出会った中で最も才能ある男であった。実際彼はありとあらゆるものを売っていたし、何であろうといつであろうと、余すところなく、自分にとって一番いい条件で売ったことだろう。とはいえポドラハは、計算高かっただけでなく、根は善良でもあった。商売だけのために生まれたタイプの人ではなく、このシェルツハウザーフェルト団地に店を開いたのも、ただ商売上の理由からというわけではなかった。店を開くだけであれば、ほかのどこでもできたのだ。彼は、おそらく私とよく似た理由から、避難先としてのシェルツハウザーフェルト団地に、それがどれほど不条理なことであるとはいえ、惹きつけられたのだ。彼にとってシェルツハウザーフェルト団地は、私の場合と同じく、ウィーンで挫折したあとの避難先だったし、商いの資格を持っていたとはいえ、ウィーン音楽アカデミー[*1]で学び、音楽を本業にすることを夢見ていた彼が、戦争に伴う一連の出来事のあと、音楽を学ぶことを中断し、アカデミーとそれにまつわる希望を一切葬ってザルツブルクに来たのは、商売のためばかりではなかった。この知的な人物はあまりにも感受性が豊かだったから、商いという理由だけでは動機として不充分だった。もともと資格を持っていた業種に戻り、その帰結として食料品店を開業して経営するための許可を得たのは、彼が人間として陥った惨めな境遇から抜け出すための、窮余の策だったのだ。そしておそらく本能が、そもそもザルツブルクの市街にではなく、その周縁、シェルツハウザーフェルト団地に、店を開かせたのだ。シェルツハウザーフェルト団地は間違いなくポドラハをも惹きつけた。なぜなら、いわゆる普通の世界からはじき出された人間にとって、この団地はそれ自体が大きな魅力だったし、ポドラハはいわゆる普通の世界からはじき出された人間だったのだ。同様に私も、このいわゆる普通の世界からはじき出された人間だった。そうした場合、ごく自然の成り行きとして、辺獄あるいは地獄への一歩が踏み出される。私と同じくポドラハもまたきっと、辺獄あるいは地獄の受益者だということを自覚していた。ポドラハもアウトサイダーだったのだ。ずっとあとになってようやく私は、彼がどれほどアウトサイダーだったのか、知ることになった。ポドラハは顧客との正しいつきあい方を心得ていた。特に団地の女たちをどう扱ったらいいか、よく心得ていて、女たちは店主との世間話を好んだ。人とのつきあい方に関して、私はポドラハから多くのことを学んだ。団地に食料品店を開き、自分の望んだとおり、計画したとおりの形に店を設《しつら》えたことによって、ポドラハは自分の自立性を維持することができ、普通の世界からは隔絶した存在としての、アウトサイダーとしての自己を生き、存在することができたのだ。私の場合と寸分たがわず、彼にとってもそれは非常に大切なことだった。ポドラハが住んでいたのは団地内ではなく、市内の他の地区にあったおじの家であるが、おそらく彼はこのおじのおかげで、ウィーンからザルツブルクに跳躍することができたのだ。当時も、ウィーンの人間がザルツブルク市内で店を開こうとしたときには雑多な障害が生じたであろうが、それを取り除いてくれたのが、おそらく、ザルツブルクで影響力のあった彼のおじさんだった。いつも、おそらく間断なくポドラハは、音楽を夢見ていたけれども、小さな食料品店の店主として人生を送っていた。自分を音楽家だと感じていたのかもしれないし、疑いなく音楽家だったのだが、何か楽器を弾くということはもうなかったから、事実上音楽家ではなく、食料品店の主だった。一日中、自分が音楽家であることを夢見ていたが、変わることなく食

＊1　現在のウィーン音楽大学。

料品店の主だった。ポドラハの本性には私の本性との共通点が多くあった。それがどれほど多くて、どれほど同じものであったか、今になってようやく理解できる。とはいえそれは、今ここで語るべきことではない。偶然というものがあるとしたら、その偶然が、ポドラハと私という性格のごく細部まで似通った二人の人間を引き合わせたのだ。ポドラハの本質は私のそれに近く、私たち二人の存在は、決定的特質において同類だった。ポドラハはよく、食料品店の経営という生業を煩わしく、また耐えがたく感じていたが、そうしたとき、本当は音楽家になりたかったのだ、と言った。いつも同じ言葉遣いで、いつも同じ慨嘆するような調子で、親が望んだから商売を学んだが、本当は音楽家になりたかった、ウィーン・フィルに入って活躍するのが究極の目標だった、と言った。戦争はその計画を頓挫させ、彼をウィーンから追い出した。そしてポドラハは、ウィーン・フィルの団員となってチューバあるいはトランペットを吹く代わりに、シェルツハウザーフェルト団地の地下に避難先を見つけたことを、幸せと思わねばならなかった。二、三年後、私も同じところに避難先を見つけたのである。ポドラハは同業者たちと違い、愚鈍でもなければ、いつも金銭欲だけに駆られているわけでもなかった。散歩を好んだ彼にとって、お金は大した関心事、少なくとも、主たる関心事ではなかったらしい。私が地下で働き始めてほんの数時間後、気をつけて接しなければならないのはどの客か、教えてくれた。六十か六十五歳くらいのラウケシュまたはルケシュという名の老婦人がその一人で、何年ものあいだ毎日ラム酒の瓶を携えて店に下りて来た。この人の息子は、シャルモースにある、元々ビール酒場だったところを改装した地下劇場で、俳優として生きていこうとやってみたが、自然、アルコールに溺れていったのだ。ポドラハは仕事に喜びを感じていたし、私も同じく、仕事にいつも喜びを感じていた。実際、商売で生きていくことを目標に頑張り続けたら、私は優れた、まったく馬鹿とは言い切れない商人になっていただろう。とはいえ、ポドラハは基本的に、辺獄あるいは地獄の住人たちの状況を悪用することはなかった。よく言われるように、人々を「骨の髄まで」利用し尽くすこともできただろうに、それをせず、誠実に振舞っていた。客に対して厳しく接してはいたが、いつも間違いのないやり方で、特に年配の婦人や子供たちには慎重に接していた。必要なときには心療医や精神科医の役割も引き受けて助言したり、薬をあげたりしたし、家庭の危機をいくぶんか、または完全に防いだことがよくあった。人とつきあうにはどのようにしたらいいのか、私はほかならぬポドラハから学んだ。今もはっきり自覚している。いわゆる市井の人々とのやり取りに私が何の痛痒《つうよう》も感じないのは、ポドラハのおかげ、地下に来た人々と交わる彼を見ていたおかげなのだ。ポドラハは私にとって仕事上の師範であったばかりでなく、人とのつき合い方に関しても、よい教師であった。ほかの人間なら、他人にかかわる事柄は何であれ難しいと感じただろうに、ポドラハの店で見習いを始めてから私は、それを一度も難しいと思うことがなかった。もちろん私にはこの上ない受容力があった。私にとって食料品店で見習いをしていた時代はずっと、徹底的に観察する時代であった。徹底的に観察する能力を私は、祖父から学んで身に着けていたのだ。今振り返ってみると、個人教授の形で私を導いてくれた祖父という学校のあと、これに続く師範として、ポドラハ以上の教師を見つけることはできなかっただろう。祖父は私に、ひとりでいること、ただ自分のために存在することを教えてくれたが、ポドラハは、人と一緒にいること、しかも多くの、実にさまざまな人間と一緒にいることを教えてくれた。祖父のもとで私は哲学の学校に行った。人生の早い時期だったから、それは理想的なことだった。シェルツハウザーフェルト団地のポドラハのもとで私は、もっとも現実らしい現実の中へ、絶対的現実の中へと入って行った。早い時期にこの二つの学校で学んだことで、私の人生は決定づけられた。そして一方がもう一方を補うことによって、この二つの学校は今に至るまで私の成長の基礎をなしているのだ。私は食料品店がある地下に入った。そして地下の食料品店そのものが、私のいいいい根源的な生命の糧となった。それはすぐに悟ることができたし、ほかのことはすべて、この認識の下に置かれねばならなかったのだ。家のみんなは、見習いの仕事に就いた瞬間から私の身に起こった変化に気がついた。私はみんなに、ギムナジウムにはもう行かない、食料品店の見習いになる、と言っただけだった。店のある場所を、つまり、店がシェルツハウザーフェルト団地にあると言ったとき、彼らは信じようとしなかったが、それでも、事実とは折り合いをつけなければならないのであった。事実、私はシェルツハウザーフェルト団地に行ったのだから。朝、七時半に家を出て、隣家に住む機械工と一緒に職場に向かった。ちなみにこの機械工はのちに、ことのほか才能のある俳優になって、今に至るまで、ドイツ語圏のほとんどすべての劇場の舞台に立っている。教育者たちから何年ものあいだほうっておかれたあと、独力で、完全に自分ひとりで決断したのだ。彼らにはもう何も打つ手がなかった。私を見放していた。私の将来について何のイメージもなかった。自分たち自身、将来がないと感じていたのに、どうやって私の将来を考えるというのだろう。彼らの眼中にあったのはただ、自分たちの不幸と、自分たちの上に降りかかってきた戦後の破局だけで、この破局をどうすることもできなかったのだ。ただ、自分たちの破局をじっと見つめていることしかできなかった。「戦後の破局」と彼らが呼んでいた自分たちの破局を、ずっと見つめるしか、なす術がなかった。自分たちの破局、自分たちの「戦後の破局」をじっと見ているだけでもう、半分気が変になっていた。家族であるとはいえ、一度として家族であったことのない家族だった。なぜなら、この人たちの中のすべて、この人たちに関するすべては、いつも、一生涯、家族の概念に逆行していたのだから。彼らは、自分が住むことのできるたった一つの住居に集まってきた血縁者に過ぎなかった。九人の、お互いに顔を合わせ、お互いを我慢することができなくなった人間たち、私の母と、その夫つまり私の後見人の二人が、自分たちを養ってくれることを期待していた人々、私の後見人が九人全員のお金をひとりで稼ぎ、母が、九人全員の食事を毎日作ってくれることを期待していた人々だった。考えられないことだ。彼らはこの状況を嫌悪していたが、変えようとはしなかった。時が経つにつれて、誰もが互いに重荷となったし、希望の乏しさはまもなく、彼らの感情と精神の力を潰《つい》えさせてしまった。それゆえに彼らは、自分たちのうちのひとりが独立したことを喜んでいた。どちらの方向に独立したのかは、どうでもよかった。それを問われることはなかった。今後は自分で自分を養い、家のみんなから何も求めたりしないのであれば、何であれしたいことができるのだということを、一度に悟った。とはいえ、ギムナジウムをやめてポドラハ氏の地下食料品店に行こうと決めたとき、私は十六になったばかりだった。十六のときから今に至るまで、自分のお金は自分で稼いできたのだ。この時点から、家では私のために一グロッシェンも出す必要がなくなった。十六のときから、誰に感謝する必要もなくなったのだ。そのことに私は感謝している。あのままギムナジウムに通って家族に頼り続けるくらいなら、辺獄へ行きたかった。さらにいいのは地獄へ行くことだったろう。ともあれ、家のみんなも、私の新しい人生の舞台から恩恵を被ることになった。私は食料を調達して、みんなを救ったのだ。いつも法律に適ったやり方とは言えなかったけれど。救ったと言っても、多くの場合、小型の白パン一個とか、しなびたソーセージ一本、または缶詰一個でしかなかったけれど。私がすべての期待を寄せていた祖父は、もう終わりだった。この先どう進んで行ったらいいのか、道を指し示してくれることができなかった。祖父から学んだ事柄は、突然、もはや空想の中でしか役に立たないもの、現実の中では無効なものとなった。それゆえ私は、突然、百パーセントの信頼を寄せていた人からも見放されたのを感じた。祖父は私を通じて無理矢理何かを成し遂げようとしていたが、それは無理矢理にはできないことだった。そもそも、こうならざるを得ない事態となっただけなのだ。ギムナジウムは私の中で矛盾を露わにした。私が勉学に失敗したのは、祖父のせいだった。祖父は私にとことん孤独でいることを教えた。だが、どんな人間も、ひとりでいること、隔絶して生きることなどできない。ひとりでいること、切り離されていることで、人は駄目になる、駄目にならざるをえない。このことは、死を招く環境としての社会が請け合ってくれる筈だ。私は、自分をぼろぼろにしたくなければ、自分にとってすべてであった人からもまた離れねばならなかった、つまり私は、すべてに別れを告げねばならなかったのだし、一瞬にして、すべてから別れたのであった。それがどんな結果を招くかは知らなかったけれど、別離は実行されねばならなかった。ひょっとしたら、なお何年も私は学校へ通い、この狂気であり不条理であり、実は死の病である学校に、毎朝縛りつけられていたかもしれない。とっくに耐えられないものとなっていたこの状況、すべてに対する死ぬほどの反感を、何年も引き延ばすことになっていたかもしれない。そうしたときにも結局、最後に選ぶのは別離にほかならなかったであろうが、その別れとはおそらく、学校からの、不幸このうえない学校にまつわる事柄すべてからの、私の決心だけを除いたすべてからの別離であったばかりでなく、この世からの別れ、既に失くしてしまったと同然の自分の存在に終止符を打つという意味での別離になっていたことだろう。ときはもうずっと前に耐え難いものとなっていたが、しかし別離のときが熟すまでには至っていなかった。私はその日が来るのを予想できなかったし、その日が来たときには自分でも随分と驚かされたから、ライヒェンハル通りで踵を返したとき、どのようにしてそれが起こったのか、自分でも分からなかった。新しい教科書を買ったばかりだった。ノートも新調した。祖父はまた、数学の個人教授をしてくれる人を探していた。後見人に罵《ののし》られること、養ってくれている人たちにこれからも毎日ずっと罵られなければならないということ、罵られ、死ぬほど縮こまらなければならないということを考え、不意に、別れを実行したのだ。私の注意は参事官の家に向かっていた。その家では参事官の息子が私を待っている筈であった。まもなく自分はベルを鳴らす。すると、片方しか腕がない級友が玄関から出て来る。上部オーストリアのどこかの森で、ドイツ兵が棄てていった対戦車砲と呼ばれるものによって左腕をもぎ取られた級友。彼と一緒にライヒェンハル通りを先へ、ノイトーアまで行って、ノイトーアをくぐり抜け、サツェルム礼拝堂[*1]の横を通ってギムナジウムに行くのだ、と思った。その瞬間。私は方向転換し、来た方角に取って返した。アイグルホーフの草地を越え、ミュルン地区を抜け、ガスヴェルク通りへと走った。離れろ、離れろ、反対方向へ。そして、このときを境に二度と参事官の息子を見ることはなかったし、その消息を聞くこともなかった。何年ものあいだ、ライヒェンハル通りを歩くことはなかったし、何年ものあいだずっと、ノイトーアをくぐることを避けた。ギムナジウムに足を踏み入れることは、今もできない。ギムナジウム生であった私が、ある瞬間に決意して食料品店の見習いになったという事実、この事実に祖父が、ことの外がっかりしたことは間違いない。きっと母もがっかりしたことだろう。ほかのみんなは見るからに無関心だった。後見人は安堵しただけだった。どちらだって構うものか、お前が左官見習いになると言っても、少しも反対しないだろうよ、と言ったが、そうした反応も当然のことだった。彼が養わねばならない家族みんなの混乱は手に負えないものになっていたのだ。後見人は無関心でいることができたが、冷笑していたわけではなかった。叔父は、私が無能だからギムナジウムを逃げ出したと思っていて、私が決断し、事実見習い店員になったことを、自分の憶測を裏付ける証拠と見なした。祖父、つまり彼の父親が孫

---

*1　ノイトーアをくぐってザルツブルク旧市街に入ると、右に祝祭劇場、左に馬洗場のある交差点（ヘルベルト・フォン・カラヤン広場）に出るが、祝祭劇場前の道路を挟んだ向かいの建物内に、サツェルムと呼ばれる礼拝堂がある。これはザルツブルク大学のもっとも古い建造物の一つ（一六一八年）である。

にばかり愛情を寄せて自分には猜疑心しか示さないので、嫉妬が、そうした憶測をあと押ししたのだろう。だが、ギムナジウムから飛び出したのは、私が無能だったからではなく、学校を毛嫌いしていたからなのだ。が、それを分かってもらうのは不可能だった。祖父だけが私の言葉を理解してくれたし、祖父だけが、私の中で起こっていることを想像できる人だった。祖父は、私がギムナジウム生から見習い店員に転身したことを一つの移行と見なして、私がそれを打ち明けるとすぐ、見習い店員がどれほど役に立つものか、納得してくれた。なぜ役に立つのかを言うことはできなかったし、言おうとすらしなかったけれど。地下食料品店への私の採用、危険がなくはない私の新しい環境を、祖父は祝福してくれたし、祖父の愛情を信じていたから、それ以上何も要らなかった。つまり今回もまた、救済者である祖父の支持を取り付けたのだ。そしてきっと、この大胆な決心、みんなから間違いだと言われた決心を私に実行させたのは、祖父であり、祖父の権威に対して私が抱いている感情なのであった。祖父は私を通じて何か大きなことを成し遂げようとしていたし、繰り返しそれを、私だけでなくほかの人にも話していた。ところがその私が今、シェルツハウザーフェルト団地の地下食料品店で見習いとなったのだ。私自身は、ポドラハ氏に採用されたまさにその瞬間、自由だった。私は自由だったし、自由だと感じた。私はすべてを自由意志で行ったのであり、今、自由意志で行っていた。以前なら何であれ、嫌々ながらしていただけだったのに、今は抵抗することもなく、何でも進んで、喜んでやった。人生の意味を見つけた、少なくとも自分なりの生きる意味を見つけた、と思ったわけではない。けれど、自分の決意が正しいということは分かっていた。今考えてみると、その後の私の人生にとって決定的だったのは、間違いなく、ライヒェンハル通りで踵を返した、あの瞬間だった。あの瞬間がなければおそらく、のちの人生などなかった。祖父と母を最後には圧《お》し潰《つぶ》し、殺してしまったのと同じ事情が、私をも圧し潰し、殺してしまったことだろう。ギムナジウム生を続けていれば私は圧し潰され、殺されてしまっただろうが、シェルツハウザーフェルト団地の地下で、食料品店の見習いになり、カール・ポドラハに監督され、その支配下に置かれた私は、生きのびた。地下は唯一の救いとなり、辺獄（あるいは地獄）は、唯一の避難場所となった。週に一度、それが何曜であったか正確には思い出せないが、パルシュ地区の「新ボロメウム」[*1]という建物にある職業学校に通っ

＊1 「ボロメウム」という建物には古いものと新しいものとがあり、一六三一年に大司教によって創建された古い建物は当初はカトリックの神学校として、のちにギムナジウムとして、現在はモーツァルテウム音楽大学の建物として使用されている。「新ボロメウム」があるパルシュ地区は、ザルツブルク市内のカプチーナ山の東側に位置する。現在、新ボロメウムには教会関係の教育施設を中心にさまざまな施設が入居している。

た。そこで教鞭をとっていたのは、ギムナジウムの教師たちとはまるで違った、市内で実際に商売をしている人たちで、名誉とか、収入とか、この学校で教えることによって得られる老後の年金といった容易に見て取れる理由からこの仕事を引き受けたのであり、現在と無条件につながり、現実に経過する時間と日々つきあっている、信頼できる人たちだった。教材は私にとってまったく新しいもので、興味がわいた。自分でも驚いたが、私は商業数学には受容力があった。ギムナジウムではちっとも興味がわかず、退屈して鬱々《うつうつ》となるばかりだった数学が、職業学校では一転、予想しなかったほど魅力的に感じられた。最近、ほんの偶然から、あの時代に使っていたノートを一冊手に取ることがあったが、書かれていた内容は納得のいくものだった。今ではまたずっと遠くに退いてしまったけれど。「納品者は所有手形を受取る」とか「品物を掛けで買う」とか「満期になった負債手形を支払う」といった文は、もう使うことはない。学校に行くのは少しも好きではなかったが、新ボロメウムの建物に短時間いるだけのことだった。その短い授業ですら出る時間がなくて、よく休んだ。食料品の告知を受けて店に客が殺到したり、倉庫の片づけに時間を取られたりしたからだ。職業学校に通っていたのは、学校の生徒ではなく、進学を選ばなかった見習いたちであった。教鞭をとっていたのは基本的には商店経営者か、いわゆる「経済の専門家」で、ほとんどはギムナジウムの教授と同じくらいに高慢で鈍かったけれど、我慢できる程度だった。ほかの見習いたちはギムナジウムという地獄を知らない。基幹学校に行ったか、小学校を出ただけだった。彼らと違って学校がトラウマになっていた私は、職業学校で授業を受けることは気持ちのいいことではなかった。ここにあったのも、基本的には了見が狭くてこせこせした、高慢ちきで嘘つきな気風だったが、人文ギムナジウムのひどさに比べたら、愕然とするものはひとつもなかったし、あれほど痙攣的で倒錯したものはなかった。特に支配的だったのは、ぶっきらぼうとはいえ実直な調子で、それが商売に従事する人たち、経済的に戦っている人たちのやり方だった。ここにあった嘘は、ギムナジウムでつかれていた嘘ほどに嘘ではなかったし、教えられていたことは、そのまま使うことができるもので、ギムナジウムで教えられていたようないつまで経ってもちっとも役に立たない知識ではなかった。職業学校では、他の生徒とのつき合いに苦労することもなく、またたく間に友達になった。ある日突然自分が商人の身分となった事実は、自分が一番不思議に感じていたし、特に職業学校にいるとき、いつもそれを感じた。この事実は否定できないことだった。否定しようとも思わなかった。思い出されるのは、商業数学の先生でびっこを引いていたヴィルヘルム、顔料店の経営者でエンジニアだったリースの二人だ。二人は性格的に正反対だったけれど、互いを完全に補いあっていて、私が通っていたあいだじゅう、職業学校の中心的存在であった。二人が与えた影響は有用なものだった。そのうちの一方は人間として親しめるところがなかったから共感できなかったけれど、もう一方に対して私は、好意を持って向かっていった。人間がいるところならどこでもそうなのだが、ここでも、私があえて存在しようとし、教訓を得ようとした空間は、共感と反感の危険な中間地帯なのであった。見習い店員の仕事とは、店や倉庫を掃除したり整頓したりすることで終わりではない。日々、習慣的に埃《ほこり》を吸い込むことになる作業がすべてというわけでもない。が、毎日埃となった粉を吸い込んでいると、実際、見習い店員特有の肺病を患いかねない。この病気は毎日小麦粉や粗びき麦の袋を運び、中身を空け、袋を畳む作業を繰り返すことで出現し、かなりよくあることだが、店員見習いの修業期間を突然、断ち切ってしまう。見習いの仕事とは、例えばシェルツハウザーフェルト団地の地下にあるような店で経過する、毎日の一連の作業だけで尽きるわけではない。まず、伸縮門扉の錠を開けて門扉を押しやり、入口を開錠して店主と店員と顧客らを店内に入れる。店内は、前日閉店したあと隅々まで掃除して、全商品の容器に中身を補充しておかねばならないのだったが、そうした作業に数時間かかることがよくあった。こうした作業はとても骨が折れる細かなもので、食料品に対する本当に最大限の愛が必要とされたし、基本的に、数字を組合せることに長《た》けたよい記憶力の持主にしか、きちんと片づけることはできなかった。これらの仕事、また別の数百におよぶいずれにせよ同じくらいに重要な作業は、毎日やらなければならないものだったが、加えてあの時代にはさらに恐ろしい、この上なく正確にこなさねばならない食料配給券の煩雑な仕事があった。配給券は、食品が買い上げられたときカードから切り抜いて、毎日閉店後に大きな包装紙に貼り付けることになっていた。ひっきりなしに大きな袋を担ぎ、瓶に中身を詰め、ジャガイモを拾い、果物や野菜を選別し、コーヒーやお茶を袋詰めにし、バターやチーズを切るだけでなく、酢や油、他のあらゆる種類のジュースやラム酒、量り売りのワインやモストを本当にあらゆる種類の、大抵は首がごく細い瓶に詰め替える手品にも似た仕事があり、絶えず黴や腐敗、害虫、気温が低すぎたり高すぎたりすることに注意しなければならないだけでなく、あらゆる瞬間にやって来るあらゆる種類の納品物を荷下ろしし、運び入れる作業、そして多くの日には一日数百回も店から倉庫へ、また倉庫から店へひっきりなしに往復しなくてはならず、パンを切って粉々にしてパン粉を作り、ハムを保護し、卵を冷やすばかりでなく、毎日すべての棚の埃を拭き、冷蔵庫とレジ台のあいだ、ジャガイモの木箱とレジ台のあいだ、すべての棚とレジ台のあいだを急いで往復するだけでなく、ひっきりなしに手を洗って濡れた手を拭き、毎日ナイフを研ぎ、毎日フォークやスプーンを磨き、毎日グラスを洗ってほぼ休みなくそれらを使うばかりでなく、窓を拭き、床を拭き、休みなくハエや蚊やアブやスズメバチや壁の蜘蛛《くも》と戦うばかりでなく、もっとも大切なのは、客との触れ合いをおろそかにしないこと、常に親切で間違いなく注意深くあること、常に客とのつきあい方を磨くこと、客をとにかくいつでも満足させること、客に対するこうした奉仕的態度を決して、一瞬たりともおろそかにしないことであった。客の望みを満たす一方で、商売上の利益を一瞬もおろそかにしてはならなかった。すべては整理されていなければならず、何もかも清潔でなければならず、客と店主には絶えず最大限奉仕して、彼らを満足させなければならず、夕方の収益計算は合っていなければならなかった。私は、自分でもそうだが、同僚たちが驚き、店主その人がもっとも驚いたことに、あっという間に仕事に精通して、適切なこと、自分に求められたことを行うのに、まったく何の困難も感じなかった。加えて私は誰に対しても心を開いていた。地下に私が持ち込んだ朗らかさは周囲に伝染した。朗らかでいられる、朗らかさを人々に伝染させられる、というこの不意に現れた私の能力がどこから来たものか、分からない。それは前からいつも私の中にあったもので、今また自由に出てくることができるようになったのだ。窒息してはいなかったのだ。多くの人が店に、つまり地下にやって来て、私と一緒に笑った。私は親しめる人柄で、ユーモアがあって、私の冗談は客のあいだにいつも笑いを生んだ。卸売り店に買い付けに出る店主は、見習いカールが病気で、助手ヘルベルトがほかの理由で店にいないときでも、何日も安心して私をひとり、店に残しておくことができた。まもなく私は、顧客を完全にひとりで引き受けるようになり、何十人レジに押し寄せようが動じなかった。落ち着いて、百パーセント確実に自分の業務に打ち込み、同時に仕事を愛しつつ、客を片づけた。店主は私を頼りにできることを知っていたし、新たな食料品告知が地下にもたらした殺到を、私が何の準備もなくたった一人でてきぱきと捌《さば》いた日々があった。ごく単純にこの仕事が楽しかったし、役に立ちたいという私の望みは、ここで成就したのだ。与えられた職務を果たす際の私の満足感ははっきりと表れ、地下で私がかかわっていた人々みんなに、何の障害もなく伝染した。ひとりで片づけたなんて誰も信じようとしないほど、ひどく沢山の仕事があったというのに、そういう日であっても、生きていることがこれほど幸福であり得るのだということを、それまで知らなかった。見習いカールは病気がちで、助手ヘルベルトは誰かと逢引きするために次第に休みがちになったから、地下のレジ台は私にとっていわば店全体の司令塔となり、その司令塔を私が（完全に）支配したのだ。ポドラハ氏は、私ひとりに任せられるということが評価に値することを理解していた。私のように、知性と器用な仕事ぶりの両方を兼ね備えているのは、滅多にあることではなかった。加えて私には、生来の素直な性格と、ほんの少しのきっかけで機嫌よく、幸せな気分になることができる力、その状態を隠す必要もなく、素直に表すことができる能力があった。こうした能力や長所は何年ものあいだずっと、まったく意識することがなかったが、シェルツハウザーフェルト団地の地下で不意に私の中に蘇り、すがすがしくも外へと向かったのだ。ひとりきりで店の中を切り盛りしていた時期、私の全存在は幸福な状態にあった。そうしたとき私は真ん中にいて、食料や他の商品を売っただけでなく、いわばおまけとして、店に入ってきた人誰にでも、自分が取り戻した生きる喜びのなにがしかを与えた。土曜日になると、店内のいわゆる大掃除をしたあと、いつもかなり疲弊して家へ帰ったが、家族の望みに応じて白パン、ジャガイモ、砂糖、小麦粉を持って、団地内の各住居のキッチンから出てくるいつもの湯気、とりわけスープの湯気に溢れた道を歩き、スポーツ競技場のそばを、既にほぼ完全に腐っていた板塀に沿ってレーエン郵便局の前まで歩き、よどんだ水溜りのあいだを抜け、レーエン郵便局前の、一度も刈られることなく繁茂した雑草のあいだを抜けて、ブルガリア人が営む造園店の、形ばかりの垣根に沿って歩いたのだった。よく、ブルガリア人たちが働いている様子を垣根のあいだから覗いてみたが、それは私がトラウンシュタインで一年間従事した造園の仕事を思い出させ、そこを眺めるたび、造園業も自分に適していただろうに、と思った。私がとても多くのことを学んだシュレヒト&ワイニンガー造園店は空襲でクレーターと化し、四五年の終りごろ、店を閉じた。さもなければ私は今ごろ、庭師になっていたかもしれない。庭仕事は頭と体にもっともよい仕事のひとつだ。そして庭仕事をしていると人間は憂鬱や憤懣《ふんまん》からごく早くごく自然に逃れることができる。憂鬱と憤懣は、人間であることの一番はっきりとした特徴なのだ。ブルガリア人はわずかな土地から沢山の野菜と果実を収穫することができたし、彼らの収穫した果物はいつも、すこぶる上等な出来栄えだった。なぜなら彼らの仕事が実際、手と体を使う作業であるのと同じくらいに頭を使う労働でもあったからで、実際彼らが少しも労力を惜しまず、自分のすべてをただ、耕した土地にだけ注ぎ込んでいたからなのだ。よく、シェルツハウザーフェルト団地からの帰路、ブルガリア人が営む菜園に入って彼らと世間話をした。今は集合住宅になっている場所だ。そのたびに、私が菜園でした観察は成果をもたらした。そのあと、背の高い木々が林立する中に瀟洒なガラス張りの建物が並ぶ聾唖者施設のほうへ歩いたが、中では聾唖者たちが白い修道服を着た尼さんらの助けを借りて、一日中手仕事をしていた。そして鉄道の線路を越えた。軌道の下の地下道を通るか、線路の上を横切るか、どちらでもよかったが、時間があればいつも禁じられた道を行った。土曜日はいつも、仕事が終り、シェルツハウザーフェルト団地を出るとすぐ、気分が塞《ふさ》いだ。団地の道を歩いているときからずっと静寂が続き、辛うじて、窓の奥から聞こえてくる食器の音で破られるのみだった。土曜日だ。誰もちっとも働いてはいない。みんな家にいて寝椅子の上やベッドの中でごろごろして、もてあました時間をどうやって過ごしたらいいか、分からないのだ。午後三時までこの静けさが支配しているが、そのうちに住居では口論が始まり、三時ごろになると少なからぬ人が家から、しばしば罵り声や叫び声をあげながら、あるいは顔をくしゃくしゃにして外に出てくる。私は、土曜の午後というのは常に、誰にとっても、とても危険な時間だと感じた。自分への不満、すべてに対する不満、実際、一生涯利用され続けていて無意味に過ごしているのだという、不意に訪れた自覚が、この気分を生み出して、ほとんどの人は恐ろしいほど徹底的にこうした気分の虜となっていた。大抵の人は自分の職業に慣れ、何らかの規則的な仕事に慣れていて、ひとたびそれがなくなると、その瞬間、自らの中身と自意識を失い、もはや、病気がちの絶望的状態以外の何者でもなくなってしまう。一人の場合も大勢の場合も同じだ。休みになったら元気を回復する、とみんな思っているけれど、実は真空状態に置かれるのであって、その中で半ば気違いになる。それゆえみんな土曜の午後になると恐ろしく馬鹿げたことを思いつくのだが、すべてはいつも中途半端に終わるのだ。棚だの箪笥だの、テーブルだの寝椅子だの、果てはベッドにも手を出して移動させ、バルコニーに出て衣類をブラッシングしたり、狂ったように靴を磨いたり、女たちは窓台にあがる一方、男たちは地下に降りて柴箒で埃をかき上げる。家族の誰もが片づけをしなければならないと信じ込んでいて、家の中の何にでも飛びついてそれを動かすのだが、そうすることで頭の中の歯車がずれる。あるいは横になって、病を何とかしようとする。仕事が終わり、土曜の午後になると以前から患っていた疾患を思い出し、病の中に逃げ込む。医者はそれを知っている。土曜日の午後、ほかのどんなときよりも医者は必要とされる。仕事が終わると病が始まる。急に痛み出すのだ。あの有名な土曜の頭痛、土曜午後の異常な脈、気絶の発作、怒りの爆発。平日のあいだ、仕事や、とにかく何かに従事していることによって病は抑え込まれ、和らげられている。それが土曜の午後になると現れ、すぐ心の均衡を失わせるのだ。そして誰もが、どんな職業に就いているのであれ、どこにいるのであれ、お昼に仕事を終えたあと、すぐに自分の、どのみちいつも絶望的な現状に思い至るとき、自分がまったくもって不幸な人間だということに気づかずにはおれない。たとえ本人は正反対のことを言うとしてもだ。土曜が来ても動転することのないわずかな幸福者たちが、この規則の正しさを証明してくれるだろう。基本的には、土曜は恐れられているのであり、日曜よりもずっと恐れられている。なぜなら、土曜にはみんな、明日が日曜だということを知っているから。この日曜というのがもっとも恐ろしい日なのだ。けれど、日曜の次は月曜で、月曜日には仕事があるから、日曜は耐えられるものとなる。土曜は恐れる日、日曜は恐ろしい日、そして月曜になると安堵する。ほかの説はどれも意地の悪い、馬鹿げた主張だ。土曜には雷雲が形成され、日曜には雷が落ち、月曜になると静けさが戻る。人は自由を好まない。それ以外の説は嘘っぱちだ。人は自由になるとどうしたらいいか分からなくなる。自由になった途端に人は、服や下着の入った箪笥を開け、古い書類の整理を始め、写真や証明書の類、手紙を探し、庭に出てあちこち掘り返し、まるで意味もなく目的もなく、天気によらずどちらかの方角に歩き出しては、それを散歩と呼ぶ。そして子供がいれば、かの有名な暇つぶしに利用され、急き立てられ、殴られ、平手打ちされる。それで子供らは家の中に混乱を生むが、この混乱こそが実は救いだ。一方、親戚の家に寄ったり知り合いを訪ねたりする土曜午後の散歩以上に、恐るべきものがあるだろうか。そうした訪問では好奇心が満たされ、親戚同士、知り合い同士の関係が壊される。読書をすれば、自分で課した自分への懲役に苦しむというのが実情だ。そしてスポーツほどお笑い草なものはない。それは、一人一人がまったく無意味だということを隠すためにもっともよく使われるアリバイなのだ。週末とは、一人一人の殺害、すべての家庭の死にほかならない。土曜日になって仕事が終わると、みんなが、つまりひとりひとりが突然、まったくもって孤独になる。というのも実際、本当のところ人は、生涯ただ仕事とだけ一緒に生きているのだから。実際、人には本当のところ、仕事しかない、ほかには何にもないのだ。誰一人、ほかの誰かの仕事の代わりとなることはできない。誰かを失ったがゆえに――たとえそれが自分にとって決定的な人間、最も大切な、最も愛する人であったとしても――その誰かを失ったがために人は滅びるのではない、仕事や職を奪われたとき、人はおかしくなり、間もなく死を迎えるのだ。病にかかるのは、精一杯負荷をかけられていないとき、仕事が少なすぎるときなのであって、仕事が多すぎることは嘆くべきでなく、少なすぎることを嘆くべきなのだ。仕事が制限されれば病気が蔓延する。仕事や職業を抑制されると、誰もが不幸に捉えられる。その限りで、仕事それ自体に意味はないとはいえ、仕事には意味があるのであり、元来の目的があるのだ。土曜の午後になると、まず土曜の午後に特徴的な静寂、嵐の前の静けさが認められる。突然、人々は外に出る。親戚や知り合いを訪ねること、あるいは、ただ自然の中に入ることを思い立ったのだ。映画があるということ、サーカスの公演があるということを思い出したのだ。あるいは庭に逃げ込み、あちこち掘り返し始める。しかし彼らはいずれにしろ、どんな理由からであれ、今自分たちがしていることに幻滅している。空いた時間、危険に晒《さら》された、しばしば致命的危険に晒された精神状態を、何らかの活動へと逃げ込まず、ずっと物思いに耽《ふけ》り、瞑想という手段で乗り越えられると思っている者は、あっという間に、それも百パーセント確実に、自らの不幸の中へと落ちて行く。これは明らかだ。土曜日は常に自殺の日であったし、ある程度の期間裁判所に行ったことのある人なら、殺された人の八十パーセントは土曜に命を奪われていることを知っている筈だ。自分の不満と不幸にばかり注意を向けていると、不満を感じ、不幸にならざるを得ない。平日のあいだは、ずっとすべてが抑え込まれている。だが、土曜が来て仕事が終わると、不満と不幸がすぐまた出てくるのだ。しかもその現れ方は、徐々に抑制の効かないものとなっていく。そして誰もが土曜になると、自分の不満と不幸をほかの誰かにぶちまけようとする。不満と不幸は仕事が終わったあと家に持ち帰られる。家で待っているのも不満と不幸ばかりなのに、その家で不満と不幸はぶちまけられる。その結果、土曜の午後になると、どこであれ、人がいて人が集まるところには壊滅的効果がもたらされる。家のように複数の人が一緒にいるところでは、こらえられず、爆発せずにはいない。まったくもって自分一人、つまり孤独で孤立しているのなら、それもまた恐ろしい状況だ。土曜はこの世で一番の殺戮者《さつりくしゃ》であり、日曜はこの事実を極めて痛切に意識させる。そして月曜になるとまた一週間、不満と不幸は先延ばしにされ、次の土曜には再び精神状態が悪化する。私自身、土曜と日曜が嫌いだった。なぜなら、私が恐れていたこの両日、極めて容赦ない形で、わが家の窮状を直視させられたから。二つの部屋に住む九人の人間は、朝から晩まで互いの神経に障った。頼れるのは、後見人がもたらすつましい収入の可能性と、母の料理の腕ばかりで、絶えず空腹を抱え、身にまとうものすらなかった。着るものがなく、靴だの上着だのズボンだのを相互に交換していたのを覚えている。そうすることで、いわばきちんとした人間の身なりをして街に出ることができたのだ。祖父は一番小さい部屋を独占していたが、とても狭くて、中では体を回転させて振り返ることもできないくらいだった。祖父は周りの世界を嫌悪してその部屋に居着き、蔵書に囲まれ、実現できなかったアイデアを思い、ほとんど残っていない薪《まき》を節約するため、大抵の時間、古い灰色の粗毛布にくるまって机の前に座っていたが、実際は仕事をすることができなかった。何日も部屋に籠《こも》っていた。彼の妻、つまり私の祖母は、祖父の机上に置かれたピストルが発射されるのを待っていた。ピストルは昼のあいだ机に置かれ、夜は祖父の枕の下に入れられていたが、祖母はそれが発射される音を恐れていたのだ。祖父は幾度も自殺すると言って、祖母をはじめ家のみんなを脅かしていた。祖父にはお金がなく、もう、ごくわずかな力さえ残っていなかった。家族みんなが飢えに苦しんでいて、終戦から二年経ったこの極めて苛酷な時代に祖父は、絶望するほか何にもできなかった。後見人はひどく安い賃金で割の合わない生業に従事していた。このころ、ほかに場所がなかったから、私は玄関を入ってすぐの廊下にベッドを置いて寝ていた。そんな環境でぐっすり眠ることなど無理というもので、大抵は朝になるとひどい睡眠不足のまま職場に行った。その後、叔父が叔母と一緒に引越して行ったので、母は、残り七人が同居するこの住居に、チロルから来たバイオリニストを下宿させた。何という状況だったことか。彼は四六時中練習に余念がなかった。母は、食べものを求めてやまない家族を養うため、収入源を得ようとしたのだ。家では笑えることは何もなかった。私たちの存在はこのうえなく困難で、救いようのないものだった。戦争が終わって、みんな一緒にここで暮らすことにはなったが、それは、私たちの置かれた悲惨な状況をはっきりと自覚するためなのであった。だが、ここでわが家の凄まじい状況を詳しく語っているわけにはいかない。そもそも、ここでそんな話を詳しくしていてはいけない。私自身、こんな思い出を書き留めることは拒まねばならない。この記憶は、そもそも記述などできるものではないのだ。それに比べるとほかのことはすべて、私にとって笑って済ませられるものだった。私はおそらく、地下にいるときいつも上機嫌だった。毎朝自分がどんな状況から逃げてきたか、知っていたから。わが家は私の地獄だった。ここで、シェルツハウザーフェルト団地のほうは再度「辺獄」と呼ぶことにしよう。毎日あの団地へと歩いていくことで、私は救われたのだ。わが家は、シェルツハウザーフェルト団地で家庭と呼ばれているどの世帯と比べても、少なくとも同じくらいに恐ろしいところだった。そして私が、毎日ルードルフ・ビーブル通りを通ってシェルツハウザーフェルト団地に入って行くこと、つまり毎日職場へ向かうことによってわが家から逃げていたのと同様、シェルツハウザーフェルト団地の住民は、この団地から出てどこかの職場に向かうことで、自分を救っていたのだ。そもそも彼らにそれだけの力とチャンスが残されていたら、の話ではあるが。大抵の者はもう、出て行くだけの力を持ち合わせていなかった。私の母にも、後見人以外の私の家族にもその力がなかったが、シェルツハウザーフェルト団地に住むほとんどの人たちにも、もはやその力はなかった。彼らは気が変になってしまったか、身を持ち崩していった、いや、気が変になり、身を持ち崩していったのだ。私の家族と同じように……。だが、やめておこう。その話をすると長くなってしまう。既に死の病にとりつかれていた祖父のお伴をしてメンヒスベルクに登り、そこで何時間か過ごす、そうやって私は、家で過ごさねばならない土曜日や日曜日に救いを見出した。とはいえ、祖父にまだそんな力が残っていたら、という話で、もう稀にしかできなかった。こんな風にわが家を支配していたすべての恐ろしい状況の中で、私をギムナジウムに送ろうというのは、何と馬鹿げた話だったことか。あとになって考えてもまだ、こうしたことすべてが倒錯した悪夢のように思える。実のところわが家の状況は、シェルツハウザーフェルト団地のどこの家庭よりもずっと凄まじい、ずっと恐ろしいものだった。辺獄の住民は、自分たちが地獄にいると思っていたけれど、彼らが住んでいたところは地獄ではなかった。地獄にいたのは、私だったのだ。が、これに関して私は何も言わなかった。語ったりしたら、店で働き出してから間もなく獲得した信頼を揺るがすことになっただろう。うちのほうがもっと混乱していますよ、とは言わなかった。職場の同僚や、特にポドラハ氏の前では逆に、自分の家族について、わが家について、まるで平穏であるかのように装った。自分を守るため、家の状況を誤魔化《ごまか》し、わが家が実際みじめで絶望的な状態だということについて、ほんのわずか仄《ほの》めかすことすらしなかった。黙っているのは嘘とは違う。だから私は、ほとんどすべてについて何も言わなかった。家にいると気が滅入るばかりだったし、外に出ると息をすることができたから、歩くスピードを速くして、命懸けで走るように走って、毎日、ルードルフ・ビーブル通りをシェルツハウザーフェルト団地まで下った。自宅から出るときには悲しくてふさぎこんでいた私という人間は、シェルツハウザーフェルト団地に入るころには朗らかな人間に変わっていた。私の歩いた道のりは、ふさぎこんだ悲しい人間を朗らかな人間にするのにちょうどよい距離であった。そしてその行程は、気持ちよく、自由で、さわやかな大気に包まれた、快い、少し下り勾配の道だった。ときおり、ひとりでメンヒスベルクに登って、上の草地に寝そべったり、木のこずえの下に座って詩を書いたり、あるいは、週に一度はパルシュの職業学校があったから、その教材を勉強したりした。世界中の何百種類ものコーヒー豆や茶葉について学び、簡単な、あるいはかなり突飛な計算問題に取り組み、利息や、卸売りで生じるマージン、両替業務や最新のクレジット条件について学び、ノートの最後の数頁には、将来自分で営むことになるだろう商店の正面と内部のスケッチを描いた。その店の様子を私はありありと思い浮かべることができた。米と粗びき麦について学ぶのに抵抗は感じなかったし、いわゆるロシア茶とブラジル産コーヒー豆について学ぶのも、とにかく、アレクサンダー大王やカエサル、ヴェルギリウスなどよりもずっと嫌悪感が少なかった。週末になると（一方の世界である）わが家と（反対の世界である）地下食料品店とのあいだの緊張関係が意識されたし、この緊張関係に耐えるということがどういうことなのか、意識するようになった。毎朝三時、祖父は新たな戦いを開始した。『七軒の農家がある谷』、三部構成で計画された千五百頁にものぼるその原稿は、何年も前から祖父に、朝の三時に死との格闘を始める習慣をもたらしていた。生涯、重い肺病に体を痛めつけられていた祖父は、一日を朝の三時に開始して、熱狂的作家、哲学者として、死をも厭わぬ戦いを始めることを習慣にしていたのだ。朝の三時になると、粗織り毛布にくるまり、それを古い革ベルトで体の周りに固定して、祖父が、自分の部屋で作家業というまったくもって不可能な、まるで見込みのない仕事との戦いを始める音を聞いた。廊下の、玄関のすぐそばに置かれたベッドに横たわりながら、多感な、祖父を愛する孫である私、残酷にも、結局はすべてが徒労となり絶望となることをまだ知らぬ私は、祖父の立てる音に注意深く耳をそばだてていたのだ。ほかの誰よりも愛する人が、どうにかまた死の不安を克服して、絶望との戦いを何度も何度も開始する音、いわゆる主著を完成させようと格闘する音を聞いたのだ。私は、主著と呼ばれるものの無意味さ反響のなさについてまだよくは知らなかったが、十六、七歳だった私は、それでも絶えず祖父の傍にいたことで、作家の骨折りというもの、そもそも芸術的精励、精神的で哲学的な努力というものの恐ろしさについて、何がしか予感のようなものを持っていた。私は、書き記したか、まだ書き記すには至っていない構想のすべてに対して祖父が見せる粘り強さ、弛《たゆ》みなさ、休むことのない頑張りをすごいと思っていたし、そう思ったのは、祖父のすべてに感嘆していたからなのだが、それでも同時に私は、祖父という人間が迷い込んだ、言葉の本当の意味での恐ろしい狂気を見たし、どのようにして祖父が猛烈な、それゆえまた病的なスピードで自分の人生を人間としての袋小路へ、哲学的袋小路へ追い込んでいったかを見た。もともと祖父には神父になること、そして司教になることが期待されていたし、本人は政治家、社会主義者、共産主義者になることを望んだのであった。ところが、ものを書こうと試みる者の例にもれず、そうしたとんでもない部類のすべてに失望し、そうした部類、そうした馬鹿げたこと、そうした哲学について哲学する作家となり、当然、この文筆という仕事によって打ち破れた一匹狼になったのだ。朝の三時、私は、防音クッションの入ったドアの向こうで祖父が一日の仕事を始めるのを聞いた。祖父の置かれた状況は想像できる限りもっとも見込みのないものであったが、祖父は戦っていたのだ。まったく成功の声を聞くことのない年月、ほかの人ならとっくに諦めていたであろう四十年を経たあとも、祖父は、戦っていた。祖父は諦めなかった。成功から見放された状態が重なり、ますます耐え難いものになっていくことで、祖父の執着、自分の仕事と見なしていたものに対する祖父の執着は、より強固になっていった。祖父は話し好きな人間ではなかったし、人とのつきあいを嫌っていた。自分の仕事、作家としてのライフワークのみに従事して、閉じ籠っていたが、独りでいるということ、ほかのすべてを自分に従わせるという自由を享受していた。そのため周りの者は、祖父が生きているあいだずっと苦しまねばならなかった。特に、祖父の妻である祖母と、母は苦しめられた。二人は、祖父が創作のために独りきりになれるよう力強く手助けした。二人は祖父に与えたものを、自分の人生でもって支払っていた。代償はこの上なく高くついた。朝の三時、パン屋や鉄道員が起きる時間に、祖父は寝床から起きて机に向かった。私は耳をそばだて、聞き、また寝返りを打って横を向いた。祖父が、防音ドアだけを隔てた向こうの部屋で、早くも起床して、仕事を始めていることが分かること、つまり祖父がごく近くにいること、祖父がまだ生きているということは、毎朝早く、私を幸福な気分にした。五時ごろになると、祖父の息子である叔父が、寝ていた部屋から出て来るので、私はまた目を覚ました。叔父が寝ていた同じ部屋に、祖母と母と弟と妹も、大きな段ボールで間仕切りして一緒に寝なければならなかった。そうした状態が何年も続いた。叔父は地下の実験室に下りて行って、発明に取り掛かるのだった。自分の発明で特許を申請しようと何度か考え、実際申請したのだが、発明で不安のない裕福な将来を確保しようというのはもちろん、現実離れした妄想にすぎなかった。六時ごろ、私は起き、身支度して母と後見人と一緒に台所で朝食を摂った。ときどき地下で爆発が起こり、突然朝食は中断されることになった。叔父の実験が爆発を起こし、台所の床が振動したのだ。とはいえ大抵はみんな、何時間も前から仕事している祖父を気遣って、できるだけ静かにしていたし、一度として高い声で話すことはせず、気を散らすようなごく小さな音さえ立てないように気をつけていた。『七軒の農家がある谷』を書き進める邪魔をしないよう、私たちはみんな、つま先立ちで歩くようにそっと歩いた。祖父の寛容さには限度があったし、仕事のことになると何も容赦しなかった。私たちはみんな、祖父の中の暴君をしばしば、身をもって感じることがあった。とりわけ女たちに対して、つまり私の祖母である自分の妻や、娘である私の母に対して厳しく、恐いところがあって、こっぴどくやっつけるようなことがあった。それでも二人は、祖父をほかの誰よりも敬い、祖父の思い通りになるよう気を配り、祖父を愛していた。二人は祖父を信じていて、別格に扱った。田舎の人間である祖父は、都会的なものに対しては何であろうと、自殺もしかねないほど不信感を持っていた。文明を憎み、感情の上でも思想的にも、これまで書いたもののすべての中でも、その憎しみを表した。祖父は、田舎の出身地から外の世界へと大きな一歩を踏み出したが、間もなくまた、自分にとって不愉快な、嫌な気持ちにさせる世界を離れ、自分の頑固な頭の中へと戻って来た。祖父は、すべてが同じだということを信じることができなかった。七時ごろになると、後見人は出勤していった。三十を越えたばかりの彼が、みんなを養わねばならなかったのだ。十六、七だった私にとって後見人は、もちろん、ずっと前から大人で、ほとんどもう年配の男のように思えた。それは後見人にとっての不幸であった。非人間的、超人間的と言ってもおかしくないことが、この時代、彼に要求されたのだ。手につけていた職で、彼は、たったひとりで家族と、その身寄りまで、みんなの暮らしを維持しなければならなかった。私には理解できないことだった。七時半ごろ、私もまた家を出て、シェルツハウザーフェルト団地の地下食料品店に向かった。家の状況を好転させることは不可能で、すべてにおいて耐え難く、私たちにはただ困窮とみじめさしかなかったから、毎日、耕作地や草原のあいだを抜け、シェルツハウザーフェルト団地へと逃げていくのは、私には特別な幸福と感じられた。ポドラハという人物のそれまでの人生については、彼がウィーンの出身であり、もともと音楽家になりたがっていたが、小さな店の主となったということ以外、知らなかったし、私がポドラハと知り合ったときにももちろん、店主であった。突然、予期せず私は、このポドラハという人のうちに、自分が受け入れることのできる教師を認めた。ポドラハは私に、祖父からは学ぶことのできなかったすべてを教えてくれた。目の前にある現実を、教えてくれたのだ。私は、ポドラハを注意深く観察すること、本人が気づいていないところでも観察することによって、日々の生活をこなす術《すべ》を学んだし、自分を主張する術を学んだ。それは、祖父からすら学んだことのないものだった。絶えず自分を律することが、毎日先へと進んで行くための前提だということ、頭の中だけでなく、毎日のこまごました、ごく些細なことであっても、すべてを絶えず、きちんと整理しておかねばならないということを学んだ。私は、ポドラハの中にひとりの教師を見い出したのだ。敗北感もなく、まったく恥じ入ることもなく進んで見習うことのできる教師、知識を自分の本質として人に強いる必要のない教師を。私からすれば実に重要ではあったが、本来、商人になるための修業とは何の関係もないすべての事柄に関して、自分が教師の役割を果たしているということを、ポドラハは自覚していなかった。商売の分野に関して学ぶべきことは、まもなく学んでしまった。明らかに私は、商売人の本能と言えるものを持っていた。商売に関するかぎり、この本能は常に長所となるものだった。大切なのは、ポドラハ氏が教えてくれた人々を遇する術、最大限しっかりと、かつ最大限距離を取って遇する術であった。ポドラハは、人とつき合うことに関しての巨匠だった。この術こそ、決して祖父からは学ぶことができなかったものだ。祖父は人々から孤立し、時が経つうち自分とともに周りのみんな、自分の妻や私の母、母の夫、さらには子供たち、つまり私をも孤立させた。祖父は、人とのつき合いに関しては何の能力もなく、どんな素性の人とも、どんな社会の人とも、どんな性質の人とも、およそ誰とも疎遠であった。しかしポドラハ氏は、誰とでもつき合った。氏のおかげで私は、その後一度も人とつき合う際の困難に苦しむことがなかったのだ。これは大きな、いや、生きていくための大切な長所だ。祖父は私に、大きな距離を取って人々を眺めることを教えたが、ポドラハ氏は私を直接人々の目の前に置いた。こうして私は二つの可能性を得た。だが、ポドラハ氏は祖父とまったく異なり、決して自意識を失うということがなかった。彼は、家族はなかったけれど、一匹狼ではなく、いつも人に囲まれていた。それに対して祖父は、家族があったとはいえ、絶対的に孤立していた。ポドラハは、自分の希望を破壊した者たちによって破壊されてしまうことはなかった。祖父のほうは実際、自分の希望を破壊した者たちによって破壊されたのだ。とはいえ、祖父をポドラハ氏と比較したりしたくはない。そんな比較は馬鹿げている。一方は他方とそもそも何の関係もないのだし、二人は一度も会ったことがなく、会ってみたいという関心を示したことすらなかった。教師としてのポドラハは、祖父が埋めることのなかった空隙を埋めてくれた。私は彼に商人見習いとして雇われたのではあるが、商人としての仕事は、私が彼のもとで学び修得したものの中で、決定的なものではなかった。ポドラハは、何年もかけて私に、人間の様々なあり方、それまでまったく知らなかったあり方、別の人間のあ、り、方、を、垣間見させてくれたのだ。今日、ある人が、シェルツハウザーフェルト団地は予告なく取り壊される、と教えてくれた。私は一瞬、あそこに行って、もう一度あの団地を見てこようか、と考えた。何年も同じことを考えていたのだ。ガスヴェルク通りからシェルツハウザーフェルト団地に入り、地下食料品店を訪ねてみることを。一度、五年か六年前、店の中を覗いてみたことがあった。その時まだあった伸縮門扉の外から、また店の高窓を通して中を見た。おそらく店は採算が取れなくなり大分前に閉鎖されたのだ。門扉は錆つき、入口の扉には錠がかかっていたが、店の設備は昔のままだった。ただ、私が働いていたころとは正反対に、中は考えられないくらい汚かった。ポドラハは、ある日を境にやめてしまったのだ、と、立ったまま、自分の姿は誰かに見られているだろうかと意識しながら、考えた。おそらくポドラハにとって、続けていても意味がなくなったのだ。その間にいくつもの大型店がすぐ近くで開店していた。いわゆるスーパーマーケットが、このレーエン地区にも生まれていた。草原には建物が建てられ、店へ行くため私が毎日歩いた場所には今、数万の人々が暮らす鼠《ねずみ》色の、陳腐なコンクリートの塊があった。四半世紀のあいだ私は、シェルツハウザーフェルト団地に行かなかったが、今そこにあるのは同じ臭い、同じ音であった。私はそこに立ち、中を見ながら、どうやって自分は九十キロもの袋を倉庫から店へ持ってきたのか、つまり、どうやってまずは倉庫から出して階段を上がり、建物の角を曲がって店内へとまた階段を下りて運んだのだろう、と考えた。私は数百もの、いや数百どころではない、数千もの小麦粉や粗びき麦の袋、砂糖やジャガイモの袋をこの階段をのぼり下りして運んだのだ。それは容易なことではなかったが、私はそれをやり遂げたのだ。私は、伸縮門扉を開け、人々の群れを店の中に入れた。ここに住んでいるか、居ついている人たち、四半世紀の歳を重ねたとはいえ、今でもおそらく当時と同じ人たちが住んでいるのだろう、彼ら数百、数千の人たちに、私は応対していたのだ。私は、彼らに扉を開けてやり、パンを切って包んでやり、ハムを薄切りにし、バターの包みを袋に入れてやったのだ。何度、私は計算を間違えたことだろう。特に食料告知があった日には、計算を間違えた。店主の利益になり、また店主の損になるように。食料の告知があるたび、私は沢山の苦情を引き受けねばならなかった。多くの人々に、食料配給券で配分されているよりも多くを与えた。同情からだ。いつも正直一辺倒ではなかった。そこに立ったまま私は、ラウケシュかルケシュという名のあのお婆さんはまだ生きているだろうか、と考えた。あの子やこの子はどうしているだろう？　一人一人の顔を、今でも、目立たない細部までよく覚えていた。これらの人々みんなの声が今も耳に聞こえるようだったし、彼らがお金を数えるときの手が、目に見えるようだった。彼らの脚が路上を行ったり来たりするのを、店舗横の部屋の窓から見るような気がした。ハムを挟んだ小型パンを、許可もないのに一個余分に与えた。何人かの女性客の袋に、許可なくリンゴを二、三個余計に入れた。今となっては、誰が咎めるだろう。ラズベリージュースを瓶に注ぐ際の私の器用な手つき。七十キロのトウモロコシの袋を運びながら、家壁の角に袋を擦《こす》ってしまい、中身が、雨で濡れた階段いっぱいに転がり落ちたときの不運。見習いのカールが盗みを働いて、店主と助手ヘルベルトが現場を押さえ、また現場を押さえ、そしてまた現場を押さえたこと。そしてカールが一夜のうちに姿をくらまし、彼の絶望した母親が店に来て、息子のために許しを請うたこと。だがカールは二度と現れなかった。外人部隊に入隊したのだ。以後、店長は見習いを採用せず、私が最後の見習い店員となった。助手ヘルベルトは独立して、市内にコーヒー焙煎店を開いた。私は見習いをしていた期間の半分、店長と二人だけだった。それもうまくいった。私たちは上手に協力することができた。折り合いはよかったし、お互いを慮《おもんぱか》っていた。私は店にいてすべてをこなした。食料の配給が告知される日、店主が食料品を調達してくるあいだ、私は数百人の客を相手にして、幸せを感じながら、軽快に捌いた。難しい客もうまく遇することができた。ルケシュあるいはラウケシュという名のお婆さんも上手に遇した。彼女の息子は、前にも触れたビール酒場で民衆俳優になる、というやり直しの利かない経歴を始めてしまい、ある日、自殺したのだ。そして、店の真上に住んでいた独身女、名前は忘れてしまったが、彼女が絞殺されたことを、見習いの時代から二十年を経て、新聞で読んだ。私は、上階の窓を見上げた。ひょっとするとあの女の子供たちが、今そこに住んでいるのかもしれない。彼女の姿がまだ目に見えるようだ。赤さび色のブラウスを着て、帽子を被らずに外出することは一度もなかった、とそのとき思った。女の声は嗄《しわが》れていた。隣に住んでいた別の女は、一度、祝祭劇場で気弱そうにクローク係をしていたのを見たことがある。私は店の中を覗き、カウンターの向こうに自分が立っているのを見て、自分が大きな声をたてて笑い、それに応えてみんながもっと大きな声で笑うのを聞いた。背後で自動車のタイヤがパチパチ音を立てた。店主が店に近づいてきたのだ。私は走って店から出て、段をのぼり、荷台から商品を降ろして地下に運ぶ作業を手伝った。また玉ねぎを買い過ぎたぞ、トマトもリンゴも買い過ぎたな。みんな腐ってしまう。また出かけにゃならん。今日は小麦粉が安く買えるんだ。ポドラハ氏がどこに小麦粉を買いに行ったのかは知らない。私が店を掃除しているあいだ、店主は店舗横の部屋に、ドアを開けたまま座っていた。私は箒で掃き、モップで拭き、ジャガイモの木箱とトマトの木箱をくまなく点検した。腐った果物と野菜を運び出して角を曲がり、ゴミコンテナに全部空けた。倉庫の施錠はしてあったかな？　私は南京錠が掛かっていることを確認し、空《から》のバケツを持って店に戻った。店主は隣の部屋で勘定をしていた。私たちはよく、深夜まで店舗横にある部屋に座って、規定通り、食料配給券を大きな包装紙に貼り付けたものだ。――店の中は考えられないくらいの汚れと埃ばかりで、明らかに、何年も足を踏み入れた者はなかった、――だが、中を覗き込んでいる私には、女たちがラム酒の瓶を持ち、ふらふらした足取りで段を下りてくるのが見えた。店に入るとき、ほとんど転びそうなくらいで、勘定台の上に瓶を立てるのはいわば曲芸に近かった。借り分が大きすぎる、あるいは、瓶を飲み干したあと必ず団地で騒ぎを起こすから、というので、誰と誰にはラム酒を与えてはいけないと言われていたが、それでも私は瓶を一杯にしてやった。ポドラハ氏は店にまつわるいざこざやごたごたは避けたかったのだ。飲むものを何もやらないと、女たちはすぐ、殺すと言って脅したが、店主は彼女らをつまみ出した。女たちは罵りながら這うように階段をのぼり、翌日にはまたやって来るのであった。誰かが死ぬと――団地ではほとんど毎週誰かが死んだ――店主は、黒の上下こそ着なかったが、黒いネクタイをして葬儀に出かけた。黒ネクタイは隣室の、仕事着もかけてあったロッカーに掛かってい て、ポドラハ氏は首にそれを結んで出かければよいのであった。団地で死んだ者はみんなポドラハの客だった。店は溜まり場だったのだ。午前中、段の上の手すりの向こうに、四つか五つ、ときには六つか七つのベビーカーが置かれ、母親たちは店内で、私の傍でおしゃべりしていた。私は小型パンにハムを挟んで女たちに与え、次から次へと様々なお菓子を売った。彼女らは、一人、また一人と、まだ買うものがあったことを思い出し、店内の棚へ取りに行った。冬にはみんな、店にあった二台の蓄熱式電気ストーブに誘われて入ってきた。ほとんどの客の家は暖かくしてなかったのだ。私はそこに立ち、店を覗き込みながら、自分が入口の真ん前の、巨大な、既に堆肥化した枯れ葉の山に立っていることに今、やっと気づいた。何年ものあいだ、風が団地の木々から葉っぱをここに吹き落していたけれど、痛痒を感じる者はなかったのだ。店のことを誰も気に留めていないのは明らかだった。店にはもはや生きる力がなかった。ポドラハ氏は何年も前にやめてしまった。電気ストーブすら持って行かなかった。棚も、昔あんなに自慢にしていた勘定台すら、持って行かなかった。この勘定台も、使い勝手がいい棚も、ポドラハ氏自身が設計して作ったものだ。店内には、二十年も前に流通しなくなった品物の商札が、まだ掛かっていた。ポドラハは、アメリカ人とかかわりを持っていた。それがどんなかかわりだったかは知らない。ときどき店に黒人兵が現れ、横にあった部屋に消え、十五分か三十分するとまた出て行った。ポドラハの母親は当時まだウィーンに健在で、ひょっとすると六十歳くらいだったが、私から見るとお婆さんだった。ポドラハはクリスマス・イヴをいつもウィーンの母親のもとで過ごし、夏になるとその母親のほうが数日か数週間、ザルツブルクに来て、息子の家で過ごした。こざっぱりした婦人だった。ポドラハは私のことが嫌いではないようだったし、私も彼が嫌いではなかった。私より年上の見習いカールを扱うときには、ひどく難しいものがあった。カールは四、五年外国人部隊に行っていて、その後またザルツブルクに現れた。突然、町の真ん中に現れ、私を見るとすぐ、私だということに気づいた。その後、カールの消息を聞くことはなかった。助手のヘルベルトは最初から好意的に接してくれ、私を悩ますことはなかった。地下にいた人の誰も、暴力を振るわなかった。ここにいれば夏は涼しく、冬は、二つの蓄熱式電気ストーブのおかげで心地よい暖かさだった。当然ながら私は、一番厄介で、いわば最底辺の仕事を片づけねばならなかったが、すこぶる屈強だったから、トウモロコシの袋のような、七十キロの袋を持ち上げて運ぶのは、何でもないことであった。地下食料品店で沢山あった仕事のうち、自分にふさわしくない低級な仕事だと感じたものは一つもなかった。窓拭きをして、窓を全部ピカピカに磨き終わると、必ずと言っていいほど自動車が入口の上の水溜りを走り、私の終えた仕事がすべて無駄になるのだった。きっと、今団地に住んでいる人の多くは、私が知っていた人たちだろうし、私のことを覚えている人もまだ大勢いることだろう。建物のどれかに入って行きさえすればよかったのだろうが、しなかった。何度も、私には、うしろから聞こえてくるあれやこれやの声が、よく知っている声のように思われた。何という生活が、ここを支配していることか、と思った。今、地下にあるのは、古い汚ればかりだ。私がいた時代に店に来ていた鼠たちも、現れなくなってしまった。鼠たちからしても、地下にはもう何もなかったからだ。この地下の店がもはや存在しない今、スーパーマーケットが遠すぎるという老人たちはどうしているのだろう? 当時あの向こう側でボール遊びをしていた子供たちはとうに大人になっている、と私は考えた。彼らはどうなったのだろう? 当時既に年配と言っていい年齢だった人たちのうち、どれだけの人がまだ生きているだろうか? 家壁にある無数のひび割れは、大きくこそなっていたが、私の知っているものだった。昔聞いたのと同じ名を呼ぶ声がしたが、それは昔とは別の子供のことなのであった。ひょっとして何人か、この団地出の者でひとかどのところまでいった例があっただろうか? シェルツハウザーフェルト団地の出身だという欠陥は、彼らについて回った。「人類の滓《かす》」、とここの人々が呼ばれるのを、よく耳にしたものだ。町なかのどの飲食店も、シェルツハウザーフェルト団地の女を給仕として雇うことはなかったし、気品ある商店のどこも、シェルツハウザーフェルト団地から来た男を見習いとして雇うことはなかった。鉄道員を二、三人、それが、私の時代、シェルツハウザーフェルト団地が輩出したせいぜいだった。政党に入るとしたら、共産党。だが共産党は、ザルツブルク市ではいつもお話にならないくらいの少数派で、嘲られ、侮られていた。シェルツハウザーフェルト団地から来た者はきっと、消防署にもいなかった。路線バスの車掌が一人、トロリーバスの車掌が一人いたことは覚えている。日が暮れると、雇用先がある男たちは、帰宅前に地下に下りてきて、ビールとソーセージと大根を買っていった。機械工の作業服を着て、秋になっても裸足か、靴下なしで木靴を穿《は》き、大抵、来る前から酔っぱらっていて、自分の細君のことをあれこれ尋ねた。二十歳前の娘たちは昼も夜もアメリカ兵と一緒にいた。米兵は、ガールフレンドにした団地の娘たちに、チョコレートやナイロンストッキング、ナイロンブラウスなどを浴びせるほど与えた。米軍とともに突如ヨーロッパに侵入してきた贅沢《ぜいたく》品の汚物だった。娘らはみんな中国人形のようなお化粧をして、踵《かかと》の高い靴を穿き、向こう見ずで、かつ滑稽な歩き方をした。店に下りて来るときの様子がひどく高慢だった。笑いかけることで運よくアメリカ兵をものにしたので、店に頼る必要がなくなったのだ。娘のいる家庭は、本人が自分から行かなければ、米兵のところへ行くようけしかけた。確か、虹色部隊と呼ばれる部隊がザルツブルクに駐屯していたと思う。そうした家庭はしばしのあいだ経済的不安を免れたが、同じ幸運に恵まれないほかの家庭からは敵視された。シェルツハウザーフェルト団地でも米兵は荒廃的影響を与えた。小さな娘らが一夜にしてアメリカ女に脱皮したのだ。団地の若い女が何人か米兵に殺された。米軍の軍事裁判が、レーエン兵営と呼ばれた建物で開かれて、センセーショナルな事件が裁かれた。軍服を着た殺人者は有罪判決を受けて表舞台から消え、アメリカへと帰った。いかにもというべきだが、シェルツハウザーフェルト団地には国家社会主義者《ナチ》はいなかった。とはいえもちろん、住民がナチスの敵であったという事実も、終戦後に彼らの状態をちっとも変えることはなく、悲惨で、見る者の大部分が嫌気を催す状態が続いた。共産主義者と、ナチスが「反社会的」と呼んだ人々は、シェルツハウザーフェルト団地でも根絶された。ナチスは、彼らが考えまた公言していた言葉、そして今また公言されるようになってきた言葉で言えば、「シェルツハウザーフェルト団地のならず者たち」の中から、「もっとも劣悪な分子」を選び出し、ガス室またはその他の絶滅施設へ送ったのだ。少数派は今、再び不安を抱くようになっている。が、そうしたことを言えば間違いなく中傷され、すぐ、嘘つきだと言って咎められる。シェルツハウザーフェルト団地に国家社会主義者《ナチ》はいなかった、それともいたのか？　つま弾きにされた人々は、政治のつま弾きでもある。米兵は、シェルツハウザーフェルト団地の二、三十戸の世帯に計り知れぬ経済的改善をもたらした。美しい、あるいは、たいして美しくなくとも可哀想な娘たちを代償にして。シェルツハウザーフェルト団地、地獄であり辺獄であるこの団地では、誰それはヒトラーの

「焼き網から落ちた」、などという言葉を一度も聞いたことがない。だが、市の、そのほか至るところで、何度も何度も耳にした。そして今また、この言葉を聞くようになっている。[*1] シェルツハウザーフェルト団地に居つき、暮らしているのは、焼き印を押された子供たちなのだ。いつも傷つきやすく、誰も守ってはくれない。彼らは自分で自分を守るほかなく、それを自覚している。問題は、シェルツハウザーフェルト団地の人々が町の人々より不幸だったか、ということではない。そうした問いは、幸福についての問いが解答不可能であるのと同様、決して答えることのできないものだから。私たちは比較し、推測するが、しかし一つの答えへと誘導されてはならない。幸せは、不幸と同じく、すべてのものの中にあり、いかなるものの中にもない。目に見えるものから何が分かるだろう？　私たちはよく、幸せについて問う、なぜならこの問いこそ、生涯ずっと、常に、休みなく私たちを煩わせるただ一つの問いだから。だが、既に汚れている以上に自分を自分の汚れで汚したいと思わぬならば、つまり利口な人なら、幸福への問いに答えたりはしないものだ。私は変化を求めた。未知のものを、あるいは刺激的で、ハラハラさせるものを求めた。そして、シェルツハウザーフェルト団地にそれを認めたのであった。シェルツハウザーフェルト団地に入ったのは、同情からではない。同情というものを私はいつも憎んだ。最も憎んだのは、自分への同情だ。同情心を起こそうなどと思ったのではなく、ただ、生き延びるために行動しただけなのであった。あらゆる理由から、この世の生活に終止符を打とうというところまで来て、思い立ったのは、何年ものあいだ通った道を中断することだった。ぼんやりと、想像力の乏しい病的な精神状態で歩いていた道、私の教育者たちが陰鬱な名誉心から私に歩くことを強《し》いた道、その道をもう行くまいと決めたのだ。私は踵を返した。ライヒェンハル通りを、来た方向へと走った。とにかく引き返すのだ。どこへ引き返すのか、分からなかったけれど。今この瞬間を境にして、完全に別のものでなければならない、と思った。興奮して、それ以上は考えなかった。これまでしてきたことと、完全に反対のことでなければならなかった。そして、ガスヴェルク通りの職業安定所はまさに、反対方向にあった。この、正反対の方向からもう、何があっても引き返すことはすまい。シェルツハウザーフェルト団地は、反対方向のもっとも外れにあった。そしてこのもっとも外れにある地点を私は、目的地に定めたのだ。もっとも外れであるこの地点にい

＊1　ドイツ語の慣用句 durch den Rost fallen「焼き網から落ちる」は、一般的には、篩《ふるい》にかけられ選に漏れる、不利に扱われる、といった意味を持つが、ナチス時代によく使われた表現であり、ユダヤ人虐殺を連想させるものとして、オーストリア政府は使用を避けるよう推奨している。

て、もはや失敗は許されなかった。シェルツハウザーフェルト団地は、地理的に見て反対方向のもっとも外側であったばかりでなく、あらゆる意味で、反対方向の一番外れだった。そこには、ザルツブルク市街を思い出させるものは一つもなかったし、何年ものあいだこの町で私を苦しめ、絶望と、ほとんど自殺の考えにばかり駆り立てていたもののすべてを思い出させるものはなかった。ここには、数学の教授はおらず、ラテン語の教授もギリシャ語の教師もおらず、姿が現れただけで息苦しくなってくる暴君のような校長はいなかった。ここには、死を招く制度はなかったのだ。ここでは、生き延びるためにひっきりなしに縮こまり、ぺこぺこし、誤魔化し、嘘をつく必要はなかった。ここでは、死にたくなるような批判の眼差しに自分のすべてが絶えずさらされるということはなかったし、ここでは、ありえないような非人間的なこと、非人間性そのものが絶えず要求されることはなかった。ここで私は学習機械、思考機械にされることはなく、ここで私はありのままの自分でいることができたし、ほかの人たちもみんな、ありのままでいることができた。町にいれば常に人工的型に押し込まれ、型に押し込むそのやり方は日ごと精妙になっていくのであるが、ここにいればそういうことはなかった。人々は干渉されることがなく、私も、シェルツハウザーフェルト団地に来た最初の瞬間から、あるがままで、干渉されることはなかった。ここでは考えたいことを考え、考えたことをいつでも、どんな風にでも、どんな声の大きさでも口に出してかまわなかった。強情だと言われて攻撃されることをしょっちゅう恐れている必要はなかったのだ。市民的社会機構という、人間を荒廃させる機構の規則によって人格が押さえつけられ、踏み砕かれることが、突如、なくなった。ザルツブルクのような、ゾッとするほどに間抜けな規模の町では、人間はひっきりなしにあちこちをむしられ、揺すられ、絶えずあちこちを叩かれ、研磨される。反吐《へど》が出るほど悪趣味な工芸人間しか残らなくなるまで、ひっきりなしにあちこち叩かれ、研磨されるのだ。何もかもグロテスクな小都市はさておき、中規模都市では、人を工芸人間にするためにあらゆる力が注がれる。こうした都市では何もかも、人間の自然に敵対している。未成年者からしてもう、頭のてっぺんからつま先まで、工芸品でしかないのだ。現代人は百パーセントの田舎か、百パーセントの大都市でしか自分を維持することができない。今もまだ存在する百パーセントの田舎か、または、今もまだ存在する百パーセントの大都市でしか、自分を守ることはできないのだ。この前提が満たされるところには今も自然人が存在する。例えば、ハウスルック山[*1]の向こう側、あるいはロンドンに。今のヨーロッパでは、ロンドンとハウスルック山

＊1　上オーストリア州にある山。ベルンハルトは山の麓に家を持っていた。

の向こう側にしか自然人はいないだろう。ロンドンは現在、ヨーロッパで唯一の本当の大都市であり、ヨーロッパ大陸ではないけれど、ヨーロッパの中にある。ハウスルック山の向こうにはまだ百パーセントの田舎が見つかる。ほかには、ヨーロッパのどこに行こうが、人工人間しかいない。学校で人工人間にされたのだ。ヨーロッパで見つかるのは、どんな人間であれ人工人間であって、嫌な気分にさせる人間の工芸品であり、彼らは、気がつかぬほど短いあいだに何百万、何十億と増殖しながら、巨大な、やむことのない、容赦なく人間を食らい尽くす学校システムによって操られている。耳が確かなうちは、比類ない、反吐を催させるような、産業的操り人形《マリオネット》主義が、我々の耳に轟《とどろ》くのだ。一人の自然人すらいない。ここ、シェルツハウザーフェルト団地で私は、ロンドンあるいはハウスルック山の向こうにいるのと同じ効果にあずかっていたのかもしれない。当時はそれに気づかなかった。私は自分の本能に従い、反対方向に向かったのだ。絶望と吐き気が頂点に達したとき、私は、本能的に正しい方角へ、前にも書いたが、正しい方向へと駆け出した。ついに、間違った方向から逃げ出して、正しい方向へと逃げて行った。自分が結びついていたもののすべてから逃げた。学校から、教師から、私の学校と、教師たちの町から、そして私が愛し、また愛さなかった教育者と管理者たちのもとから、これまでずっと私を苦しめ、いらだたせていたすべての人々から、逃げたのだ。そしてすべての歴史から逃げ出したことで、私は、縺《もつ》れて混乱した自分自身の全歴史から逃げ去った。踵を返した人間は、その場から逃げ、走って、走って、どこに向かっているのか、自分では分からないものだ。正反対の方向に走っているというのに。私は、シェルツハウザーフェルト団地に向かって走っていたが、シェルツハウザーフェルト団地とは何なのか、知らなかった。私はそれが、自分の思った通りのものであることをこの目で見るまで、こういうものではないか、と推測していただけだった。逃亡の行きつく先は、私自身の完全なる破壊と抹消になりかねなかった。だが、運がよかった。私は正しい瞬間《とき》に、正しい人々のもとにやって来たのだ。私はすべてを一枚のカードに賭けた。その後、何度となく同じことをしたように。そして幸運を引き当てたのだ。それは、一瞬たりとも譲歩しなかったから、自分に妥協を許さなかったからだ。職業安定所の女職員が言った通りにしていたら、どうなっていただろう、と思う。彼女は、私の話を二、三分も聞くとすぐ、気違いじみていると言って家に帰そうとした。彼女の言葉に従っていたら、抗わなかったら、どうなっていただろう。正しい行き先を、それも反対方向にある住所を教えてもらうまで、ここから出て行きません。女職員は私の言うことを理解しなかったが、それでも私は、ここに留まってさえいれば、反対方向にある住所を教えてもらえることを知っていた。それまでは、この部屋を出て行きません。私は、何が何でも反対方向にある正しい住所を教えてもらおうと決めていたのだ。暴力的にでも迫ったことだろう。おそらく、これまでも時おり絶望した学校の生徒がやって来て、酷い人生あるいは凄惨な自分の存在を変えようとしていたのに、彼女の前に出るとたちまち弱気になってしまう、といったことがあったのだ。よく、そうした絶望した人々を見かけるが、みんな、決定的瞬間になると気持ちが折れて譲歩してしまう。だが、決定的瞬間には譲歩してはならないのだ。というわけで突然、女職員は、私の正しい行き先、私の大いなる運命を、検索箱から引き出した。カール・ポドラハ、シェルツハウザーフェルト団地、Bブロック。この運命を手にして、私は走った。何が何でも、幸運を摑まねばならなかった。地下で働き始めた最初が大変であったことは、言わずにはおれない。実際、自分にできるだろうか、と自問した。過度に感受性の高い若者に、こうした店では次から次へと要求が課される。それに応えて正しく片づけることが、自分にできるだろうか。肉体労働にひどく不慣れではなかったか？　学校鞄を担いでライヒェンハル通りを抜け、ノイトーアをくぐってギムナジウムに行くことがいつもしんどくはなかったか？　初対面の人ばかり、気質や態度が自分とはまるで違うここの人々を相手にして、うまくやっていくことが自分にできるだろうか？　計算が不得手だということを自覚してはいなかったか？　暗算、なんてすごいことなんだ！　トラックの荷台いっぱいに積まれたジャガイモを、雨が降りしきる中、ひとりで、重い鉄のシャベルだけ使って運び下ろすというのか？　倉庫に運び込むというのか？　そしてラードや人工蜜の木箱、砂糖の箱を倉庫から上へ運んで、地下の店舗へ運びおろすというのか？　私は、無条件に自分を託すことができる若者だっただろうか、顔に厳しい表情が浮かぶのを抑えられない、赤の他人である師匠に対して？　初めて会った瞬間、助手ヘルベルトは粗暴な若造で、見習いカールは私に敵愾心《てきがいしん》を持っているように思えた。その二人に対して自分を主張することができるだろうか？　こうした人たちはみんな、店に入ってきたときには無遠慮で低俗な輩に見えたし、店での彼らの振舞いは、まったくもって無遠慮で低俗だったというのに。私は、課された仕事を全部こなすことができたし、ごく短時間のうちに、困難だと思ったものがいずれも、やり遂げられることがはっきりした。大いなる運命を引き当てたのだ。そう思いながら、自分の肉体的、精神的能力に驚き、ひどく張り切って、見習いとしての修行に入った。その甲斐はあった。小売店という環境は初めてではなかった。母方の祖父の妹、ロジーナ叔母さんが、ヘンドルフにあった彼女の両親の家でいわゆる雑貨店を営んでおり、この雑貨店で彼女が客に応対しているとき、それを眺めているることが、幼少期の私の大きな楽しみだった。当時はまだ、青い包装紙で包んだ棒砂糖があった。ランニングシャツと灯油ランプが使われていた時代、三八年[*1]より前の時代だ。私が三歳、四歳、五歳のころ

＊1　一九三八年はナチス・ドイツがオーストリアを併合した年。

だった。子供らしく甘いものには目がなくて、ほかの子と同じように鋭敏な観察力を持っていた。その私にとってヘンドルフで一番好きな居場所といえばいつも、ロジーナ叔母さんの雑貨店だった。この店のほかにも彼女は、もっと大きな宿屋と、小さな農地を持っていた。祖父の兄は、チファンケンと呼ばれる山地で領主の猟区管理をする営林官だったが、自殺してしまい、そのあと祖父は実家の財産を相続しなかったのだ。祖父はドイツの大都市に行こうと考えていて、その妨げになるような財産を受け継ぎたくなかったので、妹ロジーナに任せたのだ。祖父の自殺した兄の写真を私は何枚か持っているし、営林官であったこの人のことは祖父から聞いている。チファンケンの一番高い峰で、自分の銃で命を絶ったのだという。自殺した場所には紙切れが一枚残されていて、人生に別れを告げる理由が書かれていた。人々の不幸をこれ以上耐えることができないから死ぬ、というのだった。大叔母のロジーナは私の望みを知っていたから、私が店に入るのを許して、何度も何度も引き出しを開けたり閉めたりさせ、瓶を倉庫に持って行かせたり、倉庫から店に持って来させたり、そのいわばクライマックスとして、ちょっとしたものを客に売らせたりした。そうした時代があって私は、物を売る店というものに愛着があったのだ。とはいえ、物を売る店ということ以外、カール・ポドラハの食料品店と大叔母の雑貨店には何の共通点もなかった。地下に漂っていたのは別の匂いで、雑貨や輸入品を扱う店によくある匂いではなかった。地下食料品店には棒砂糖は置いてなかったし、灯油ランプももうなかった。ランニングシャツはとっくに流行遅れで忘れられていた。それに、ロジーナ叔母さんが品物を褒めて売り捌いていたときののどかさも、ポドラハ氏の地下には、まったくなかった。ヘンドルフの雑貨店はこれ以上ないくらいにつましく、木の棚と引き出しが備えてあるだけで、ほんの数十人の、よく来る村の顧客の便を足せればそれでよかったのであるが、シェルツハウザーフェルト団地の地下では、およそ千人の客の面倒を見なければならなかった。それに、結局は大都市の人間であり細かいことにうるさいポドラハは、どちらかと言えば不器用で気立てのいいロジーナ叔母さんとはもちろん、比較にならなかった。とはいえ、わが家では商売の伝統は昔から受け継がれてきたということだけ、言っておきたい。実際、大叔母ロジーナの父、つまり私の祖父の父であり、つまるところ私の曽祖父にあたる人は、ヘンドルフの墓石に刻印されているとおり、フラハガウ[*1]の農民が作ったバターやラードをウィーンのナッシュマルクトに搬入していた「大商人」だった。それゆえ、フラハガウじゅうで「ラードのゼップ」として知られていたばかりか、裕福でもあったのだ。今でもフラハガ

＊1　フラハガウ郡。ザルツブルク州の一行政地域であり、ザルツブルク市を囲んでいる。

ウの人たちの多くは、「ラードのゼップ」の語が何を意味するか知っているし、当地の人が私のことを、誰であってどういう素性の者か尋ねてくる場合、「ラードのゼップ」の話をすれば即座に私の素性を理解して最大限の敬意を示してくれる。地下食料品店に入ったことで私は危険に晒されたのではなく、守られていた。自分の経験や教育とは反対方向にあるシェルツハウザーフェルト団地に、完全に、百パーセント自分を没入させたことによって、私は避難場所を見出したのだ。これまでとは正反対の環境の中で、急に私は居心地よく感じたのだ。地下食料品店での数百、数千の仕事、そのすべてをここに挙げる必要はないが、その一つ一つをこなすこと、それは、私にとって自分を救済するという目的のための手段だった。理性的思考を働かせて予測したら、この決心によって私は落ちぶれ、駄目になってしまうところだったろう。だが、反対のことが起きたのだ。私は、ギムナジウム生としての、ギムナジウムが一人の人間のうちに生み出すもの、生み出さざるをえないものとしての私の存在が、まるっきり無意味だと確信したので、思い切って不確かさの中に踏み出すことができたのだ。百パーセントの確信だけが、救済の可能性となりうる。とはいえ地下では嬉しいことばかりではなかった。しばしば、地下のひどい状況、地下の人々や品物にまつわる状況がほとほと嫌になって、店から倉庫に逃げ込んだことがあった。自分自身をどう扱うか、周囲の人たちをどう遇するかに失敗したということだ。まだ十代の若者らしく多感だった私は、自分に非があったかどうかはともかく、地下に来る客やポドラハの残酷さ、ここにある低俗な雰囲気に苦しめられることがあった。悔しがるというか、むしろ泣きそうになりながら、木箱を、袋を引きずるように運んで、自分の頭を大きな粉の容器に突っ込んだ。マギーの瓶に詰めた中身の量が不正確だったりすると、ポドラハの怒りが爆発して、まっさかさまに私を絶望と不安の中に突き落としそうになった。客の乱暴さは、彼らが示す好意と同じくらい、激しかった。ポドラハは大きな間違いはよく見逃すのに、小さな間違いには、少しも見合わないくらいに怒ることがあった。気が短くて、ある瞬間に突然、激昂した。不正確を憎み、不正直は我慢できないようだった。普段着のままの、つまり仕事服を着ていないポドラハを見ることは稀で、着るものに関して見栄っ張りではあったが、私が知る限り、普段は質素に暮らしていた。よく見せなければならない理由がなかったのだろう。聞いただけの話ではあるが、ウィーン人の例に漏れず、ハイキングとか、人々と楽しく過ごすことを好んだ。食料品店の店主にしては、ポドラハはそもそも知識人的な度合いが強すぎた。まだ早すぎるくらいの時期、五十代のときに店を畳んだ理由は、おそらくそこにあった。彼はブルックナーとブラームスを愛していて、熱心にコンサートに通っていた。音楽は私たち二人がよく歓談したテーマだ。ひょっとすると、挫折した音楽家でありクラシック愛好家であったこのポドラハこそ、地下で見習いを始めて二、三ヶ月の私が、生きてゆく可能性としての音楽を再び発見したきっかけだったのかもしれない。音楽祭の季節になると彼は、午後にはもう黒のスーツで現れた。閉店後家に帰らず、すぐコンサートに行こうというわけだった。そしてその日のコンサートの総譜《スコア》が必携だった。コンサートの翌日、ポドラハはいわば別人になっていて、まだ何日も頭の中にコンサートで聴いたものが残っていた。今振り返ってみて分かるが、彼は音楽についてとても多くのこと、私が今知っている音楽学者たちよりも多くのことを知っていた。結局、地下で働いていても私は、その反対物なしではやっていけなかったのだ。私は音楽のことを思い出し、不名誉な形で終わった自分のバイオリンのキャリアを思い返した。その間に私は、新しい楽器を試していた。自分の声だ。声変わりでバスバリトンを授かっていた。一人でいるとき、有名なオペラや自分で考えたオペラのメロディーを歌って練習した。ほとんど真っ暗な倉庫や、店舗横の部屋の中で、あるいはメンヒスベルクに登って、かつてはバイオリンでやってみたものを、今度は歌った。将来については何のイメージも持っていなかったが、一生地下で過ごすつもりはなかった。地下は、自分に課し、自分に宣告した終身刑の牢屋ではなかったのだ。一生のあいだ、この地下食料品店か別の地下食料品店で過ごす、過ごさねばならぬとしたら、予想はできないが、もしそうなるとしたら、反対物を持っておくことはそれだけ必要だ。音楽は、私の本質、能力、嗜好に最も適した反対物だった。祖父の発案だったか、それとも自分で希望したのか思い出せないが、祖父が新聞に広告を出し、歌の教師を探してくれた。はっきり覚えているが、祖父は早くも私をザルツブルクのシャリアピンとみなして、広告のキーワードに「シャリアピン」の語を使った。当時の最も有名なバス歌手、シャリアピンのことを祖父はよく私に話してくれた。祖父はオペラが嫌いだったたし、オペラに関するものすべてを嫌っていたが、急に、愛する孫がひょっとしたら有名な歌手になるかもしれない可能性が出現したことを、大きな幸運とみなした。祖父はアントン・ブルックナーを特に好んでいたが、どちらかと言うとブルックナーの農民気質に親近感を抱いていたからで、ブルックナーの音楽にのめり込んでいたわけではなかった。要するに、祖父の音楽に関する知識は、機会があれば音楽を聴くという程度の、不充分なものであった。親類みんなが音楽的だったのと同じく、祖父も音楽的ではあったが、祖父にとって音楽は、さほど高い位置のものではなかった。ところが今、祖父はおそらく、私が以前バイオリンを習っていたことを、歌のレッスンのうってつけの土台と考えて、歌を習うという思いつきが現れると、強く肩入れしたのだ。祖父は感じていた。店での仕事とは対照的な何かがなければ、私はきっと地下で腐ってしまう、と。私自身、どちらでもよいと思っていたし、基本的には、それでよいとさえ思っていたのだけれど。そして私のことを考えるとき、祖父の中では急にすべてが歌のレッスンに集約された。祖父は、私が伸ばすだけの価値のある声を持っていること、ものになる声を持っていることに気づいた。そしてその瞬間から祖父にとって私は、それまで祖父が当然思っていたような人間、唾棄すべき純物質主義に百パーセント染まった人間ではなくなった。祖父は、最近私のために立てた目標を、商人から歌手へと高めることができた。これが意味するのは、私が突然、芸術家になる可能性を得たということなのであった。商人の地位は一瞬にして没落し、歌手が、讃えられる地位にあがった。とはいえ、優れた商人にそもそも何の異議があるというのだろう？　そもそもなぜ、歌手のほうがよいというのか？　しかし祖父にとって、たとえそれが今までずっと嫌っていたオペラ歌手であったとしても、孫の私が歌手になるのだと思うことは、単なる商人にすぎないのだと思うよりも心地よかったのである。急に祖父は、商人を語るとき決まって、「たかが商人」としか言わなくなった。逆に歌手について語るときは最大限に感嘆して見せた。歌手について語るとき、以前なら商人について話すときにいつもそうしたのと同じ説得力、同じ熱情を込めた。祖父は音楽史の知識を深め、歌手についてできるかぎり何でも、できるかぎり優れたことを知ろうとした。シャリアピンの世界、カルーソの世界、タウバーや、ジーリ[*1]の世界、そうした世界は祖父にとって以前は嫌悪すべきものでしかなかったというのに、そうした世界について語ることで、私に感銘を与えようとしたし、事実、歌手の道に進むよう、説得しようとした。だが、説得など必要なかった。私自身が突然、自分が歌手になることを信じて疑わなくなったのだから。リヒャルト・シュトラウスの『ばらの騎士』がドレスデンで初演されたときにゾフィーを歌った歌手、プファイファー通りに住むマリア・ケルドルファー[*2]が、私を弟子に採用してくれたのだ。ケルドルファー女史は、私に歌手としての将来を多かれ少なかれ約束してくれた。私はすっかりそれを信じて疑わなくなっていた。「シャリアピン」のキーワードを使った祖父の新聞広告は、この老婦人の心に響いたのだ。彼女は祖父に返事を書いた。私はプファイファー通りに行って老婦人の前で歌い、彼女は私を自らの音楽的庇護下に入れた。こうして私は、ある月曜日から、あるいは木曜日からだったかもしれないが、夕方店を閉めたあと、歌のレッスンに向かった。レッスン料は、見習い店員としての私の収入、当時三十五シリングだった収入で支払うことになっていた。それ以上に必要な額は祖父が援助してくれた。以後、私の頭の中では仕事のほかに音楽、なかんずく歌唱が一定範囲を占めるようになり、それはポドラハ氏にとって好ましからぬことではあったけれど、一方で氏が私と音楽の話をしたがっていることも、私には分かっていた。ポドラハ氏と歓談するのに、音楽のレッスンを受けているのは都合がよかったのだ。歌のレッスンに

＊1　ベニャミーノ・ジーリ（一八九〇―一九五七）は、イタリアのテノール歌手。
＊2　正確にはマリア・ケルドルファーは初演時のゾフィー役ではなく、初演後の最初期の公演でゾフィーを歌っている。

採用されたことで、今や私は自分の存在が正しい位置に置かれたように感じ、レッスンでは間もなくとても大きな進歩を見せた。地下での仕事が、いわば音楽的トリックによって、急に下支えを得たのだ。私は、これまでにも増して意気揚々と店に向かった。音楽には大きな愛を感じたし、これまでの人生でずっと大きな愛を抱いていたけれど、突如その愛が、本格的な音楽の勉強にしっかりとつなぎ留められたのだ。歌のレッスンを受けるようになって間もなく、マリア・ケルドルファーの夫君で、ハノーファー出身の著名な音楽学者であり音楽批評家でもあったテオドール・W・ヴェルナー教授が、やはり私を引き受けてくれて、いつも、細君の歌唱レッスンが終わると、私に音楽理論を教授し、のちにはいつも、彼がモーツァルテウム[*1]で担当していた音楽美学を、それも無報酬で教えてくれた。その後も多くの音楽教師に出会ったし、のちに入ったアカデミー[*2]ではとても多くの有名な音楽教師とつきあうことになったが、今にいたるまで、音楽に関するもっとも優れた知識を授けてくれたのはヴェルナー氏だと思っている。ギムナジウム時代の私にはまずもって不可能だったこと、すなわち具体的に、そして正確に音楽に携わること、恍惚《こうこつ》として情熱を傾けるだけでなく、音楽の基礎を探求し、その上に立って、自分の音楽的教養をさらに発展させること、それが、今の私には当然のこととなったのだ。私は音楽をまるで高等数学のように展開して最大限の知識を得ようと努めることで、最良の結果を得た。その前提として、今、音楽を楽しみかつ音楽を学びたいという私の絶対的意志があり、他方には、私の新しい教師となった二人の、あらゆる点で並外れた、抜きん出た人格があった。プファイファー通りの彼らが住んでいた家は、かつてビーダーマイヤー派の画家シュティーフが、ザルツブルクの教会や宮殿、市民の家々に多く掛けられている油絵を描いた家であり、シュティーフは私の歌の先生のお祖父さんなのであった。あの四階建ての家は、玄関や部屋の造りが多角形になっていて、ごく単純だがこのうえなく上品な丸天井があり、実に凝った漆喰が施されているのを私は見た。家全体に、上から下まで最高級のエンパイアー調、ビーダーマイヤー調の家具が置かれ、サロンには、この家のいわば心臓ともいえるスタインウェイのグランドピアノがあった。私は何年ものあいだこの家へ、このスタインウェイのもとへ通った。このスタインウェイの横に立って、歌を学ぶことの美しさと凄まじさを経験したのだ。今になって思うのだが、私はよいオラトリオ歌手になっていたことだろう。パーセル[*3]、ヘンデル、バッハ、モーツァルトは、ごく自然に私の人生の内容となり得て

＊1　モーツァルテウムはザルツブルク市にある世界的に著名な音楽大学。
＊2　ベルンハルトはのち、一九五五年から、モーツァルテウムで歌唱と演劇学を専攻した。
＊3　ヘンリー・パーセル（一六五九―一六九五）。バロック時代のイギリスの作曲家。

いただろう。私は運がよかったが、それはマリア・ケルドルファー女史のような、間違いなくもっとも教養があり同時にもっとも精緻な歌の先生から、歌唱、つまり現実的なあらゆる楽器の中で第一のものとしての歌の教授を受けたという幸運だけではない。最大の利点は、一緒に行われた音楽学の授業であったし、おそらく私の幸運の第三の、決定的事情は、私が歌を学び、音楽学を学んだだけでなく、それに加えて商人になるための見習い修行をしていたということであった。歌、音楽学、そして商人見習い。この三つは、私をひといきに、絶えず最大限に神経を張りつめて生きている、真に全力で頑張っている人間へと変え、私の頭と身体の中に理想的状態を作り出してくれた。まったく予期していなかったが、状況は一転して、正しいものとなったのだ。一方には、辺獄であり地獄であるシェルツハウザーフェルト団地と私の実家があった。そして他方に、プファイファー通りがあった。この対立関係が、必然的に私を救った。救っただけでなく、この対立関係はその後に起こったすべてのことの前提でもあった。祖父が「シャリアピン」のキーワードで新聞広告を出したのは、確か私がシェルツハウザーフェルト団地に通って一年くらい経ったころのことだった。私は、今も特にそうだが、対立を愛していた。シェルツハウザーフェルト団地すなわち地下食料品店すなわち地獄としての辺獄、そして私の家、これらに対立するものとしての音楽、プファイファー通り。わが青年期のザルツブルクに見られたこうしたすべての矛盾したものの対立が、私を救った。この対立に、私はすべてを負っている。今や私は、自分の自由意志で、商人という職業を修めたのだ。そしてまったく同様に、自分の自由な意志で、音楽を学んだ。私は前者を徹底的に、これ以上ない強い決意で修めたのと同じように、これ以上ないほどの決意をもって後者を学んだのである。自由意志で行うこと、それが肝心だった。私は自分にちっとも容赦しなかった。それが私を救い、ある程度まで幸せにした。自分にまったく手加減しなかったあの時代、それは幸せな時代だった。私は商人になる見習い修行をし、同時に音楽を学んだ。この二つのごく真剣な事柄のどちらも、他方に優先させることはなかった。自分が歌手になるとしても、商人になるとしても、私にとっては同じことであった。あの当時、生きていくための決定的可能性であったこれら二つに対して、私の関心と感激は、弱まることがなかった。また不幸に捉えられてしまいたくなければ、それらを弱める余裕などなかったのだ。音楽の勉強は、見習い店員としての存在に役立つものだったし、逆に、見習い店員としての存在は、私の音楽の勉強に有益だった。私は、バランスのよい状態に置かれていた。祖父は再びほっとすることができた。私は新しい自己意識を作りあげた。自然そのものが私に、そうした意識を持つことを可能ならしめたのだ。いちどに私は、ほかのみんなが生涯与えられずにただ夢見ることしかできない贈物をもらった。突然、そこにあったのだ、これっぽっちも望んでいなかったもの、まるで想像していなかったものが。というのも、自然からの賜物を信じられるほど、もうそんなに大胆ではなかった。ところが今、その気になれば自分が芸術家だということを世界に示すことができた。私は最高度に難しい受難曲やオラトリオの中の、至極複雑なコロラトゥーラを歌った。『四季』のジーモン、『天地創造』のラファエル、ヘンデルの『ヨシュア』のカーレブ。[*1] 歌の先生は私の状態を把握していて、厳しい指導で短期間のうちに私を進歩させることができた。声がひっくり返ってしまうことはもうなくなった。開きすぎた喉の中に声が次々に落ちていってしまうことはもうなかった。私は自分の声を洗練していき、だんだんと容易に、巧みに、そして同時に、より自然な声を作るようになった。『デッティンゲン・テ・デウム』、『メサイヤ』を歌ったことを覚えている。[*2] ヘンデルはごく小さいころから愛していたし、バッハは素晴らしいと思っていたが、しかしバッハはいつも、私の心に近づくだけだった。私の本来の世界はモーツァルトだった。歌手という職業の知的代表者であった私の先生は、私の喉、首、そして歌手として生きていくために不可欠な他のすべての器官を最良の状態に持っていき、音楽学者であった彼女の夫は、私の頭脳を音楽的に育成することを引き受けた。私は完全に自分の意志で、ごく自然に、少しの抵抗もなくレッスンに通ったし、習うこと、学ぶこと、自分を作ることが純粋な喜びとなることに驚き、幸福感に浸った。ありがたかったのは、間違いなく優れたものであった理論的収穫を、プファイファー通りでの次のレッスンですぐに実践することができ、そこで成果をあげながら、さらに収穫を得られたことだった。ヴェルナー教授から学んだ内容は、彼の細君の授業の際にすぐ役立ったし、その反対も然りだった。歌のレッスンの二回に一回は、プファイファー通りの家に教え子が数人集まった。私がほかの誰よりもはっきり覚えているのは、グロッケ通りの車体修理工、ペチコの息子だ。バリトンの彼と一緒に何年も二重唱《デュエット》を歌った。週末には繊細なソプラノが加わった。市内で評判のいい、世界的にも有名な運送代理店を営む家庭の娘だった。そして、バイエルンから来たアルトの女がいた。私たちは、ちょうどいい二重唱《デュエット》や三重唱《テルツェット》や四重唱《カルテット》を何でも歌った。そして、自分たちで楽しむためと、親戚や知り合いを楽しませるために、よく、彼らの家のサロンでホームコンサートに出演した。コンサートでは、聴衆に向かったときの羞恥心を捨てて、ごく自然に振舞わなければなりません、と先生は言っていた。ハノーファー出身の音楽学者ヴェルナーは、前にも触れたと思うが、戦争で全財産を失ったのだけれど、人懐《ひとなつ》っこさは失っていなかった。コンサートを聴いたあ

＊1 『四季』と『天地創造』はどちらもフランツ・ヨーゼフ・ハイドンが作曲したオラトリオ。ジーモンもラファエルも、また『ヨシュア』のカーレブもバスによって歌われる。
＊2 『デッティンゲン・テ・デウム』と『メサイヤ』は、ゲオルク・フリードリヒ・ヘンデルが作曲した教会音楽。

といつも、夕刻に、手で綺麗に清書した音楽批評を持って（それが小さな傑作であったことが今の私には分かる）プファイファー通りを出ると、モーツァルト広場を越え、ユダヤ通りを抜け、シュターツ橋を渡って、パリス・ロードロン通りにある「民主国民新聞」編集部に向かった。新聞は彼の批評、つまり、いつも抜きん出たものであった彼の考えを印刷したのだ。ヴェルナー氏はまさしく音楽学者であり、かつ哲学者そのものであった。町で唯一の社会主義日刊紙「民主国民新聞」の編集部も読者も、それを高く評価していたが、まったく理解してはいなかった。ヴェルナーはいつも、体格ピッタリに仕立てたチョッキ付きスーツを着ていて、ピカピカに磨いた靴にたいそう重きを置いていた。チョッキには鎖時計を入れ、鎖は見るからに長かった。晩になると、キッチンの、ガラス仕切りと呼んでいる中に入って、冬でも夏でも快適なその場所に陣取って赤ワインを二杯飲むと、仕事部屋に姿を消し、作曲に没頭した。この夫婦の関係は、まったく異なる二人の人間が結んだ幸福な婚姻生活であり、最良の関係だった。少なくとも私は、それを否定するような光景を見たことがない。ほかの人たちと同様、彼らからも、戦争の不幸がそれなりのものを奪っていた。二人は、歌の先生が父祖から受け継いだ建物に住んでいたが、その家の壁を見れば、彼らの時代を読み取ることができた。このときにはもうかなり昔になっていた時代であった。そこに掛かっている油絵や、沢山の銅版画が私は気に入っていた。そもそも無傷のものが何もない時代にあって、家の中のものすべてが無傷であった。すべてが反対だったのだ。プファイファー通りへと歩きながら私は、まるで、混沌とした唾棄すべき世界を抜け、カオスの影響を何も受けていない、何一つ損なわれていない世界へと向かっているかのようだった。しかし、おそらく錯覚だった。飾り気のない冷たい入口から石段をあがっていくとき、自分が浄められるように、全本質が浄化されるように感じた。そしてベルを鳴らし、中に入れられる。たいていヴェルナー夫人、つまりケルドルファー女史は右の人差し指を口に当てて、低い声で話しましょう、音楽学者ヴェルナーは今、作曲していますから、と言うのだった。そして、つま先立ちでサロンに入り、スタインウェイのそばに行くのであった。指示はすべて囁き声でなされた。よくある表現で言えば、死んだように静かだった。しばらくするとドアをノックする音が聞こえた。音楽学者はひと仕事終えたのだ。ひょっとすると、最近聴いたコンサートの批評を今、書き終わったところかもしれない。ピアノ版の譜面が開かれ、私たちはレッスンを始めた。私の声は強かった。この声で、場合によってはたやすくサロンを粉々にしてしまいかねないだろう、そう思った。痩せた、ヒョロヒョロの体格だというのに。私の体はこのころ、ほとんどいつも吹き出物で覆われていたが、それは狂気と思春期の徴《しるし》だった。私はプファイファー通りが好きだったし、そこにいる人たちが好きだった。前にも触れたとおり、歌の先生は並外れた経歴を持っていて、お金のために授業する必要などなかったと思う。利益のために教えていたのではなかったのだ。暫くするともう先生は、私を市内の複数の教会に斡旋してくれて、私は日曜の午前中、何度もミサで歌った。粘り強さと規律と弛まぬ努力があれば、あなたが歌手として大きなキャリアを積むことに何の障害もありません、と先生は言った。あと二、三年はかかりますが、ご存知のように時間というものはすぐ過ぎて行きます。綺麗な声、いい声というものはざらにあります。しかし、個性というのは、なかなかないものです。私はそのような個性だったのだろうか？　先生は、私がそうした個性だと言ったわけではなかった。彼女は妥協することがなく、正確で、ほんの小さな誤りも聞き逃さなかった。この小さな誤りが取り除かれないうちは、レッスンは先には進まなかった。ときおり彼女は、レッスンを中断します、あなたの無精には、あなたの怠け癖にはうんざりですから、もうこれ以上レッスンしません、と言って私を脅した。しかしそうした脅しは一時的なものだった。家のみんなは、私の再発見、つまり私がまた音楽を発見したことに拒絶的な反応を示した。私の努力を時とお金の無駄遣いと見なした。祖父は、できるかぎりの手段でいつも百パーセント私を支持してくれたが、その祖父の説得にもみんなは納得しなかった。今までしばらくのあいだ彼らは、私が正しい、つまりきちんとした道を進んでいると思っていた。そう思ったのはそれが、彼らにとって見通しが利き、予測可能な道だったからなのだが、私ときたらまた、彼らが言うところの「愚行」に迷い込んで、すべてを台無しにしているというのだった。先を見る目を欠いていることからくる彼らの猜疑心、事実上の無教養は、私が何を始めても、何を試みても眼前に現れた。だが、私のほうはその間に力をつけていて、もう彼らに揺さぶられ、投げ倒されてしまうことはなかった。最大限の意志力と他のすべての力を奮い起こして、今後は何事にも惑わされまいと決心していた。私の足を引っ張ってやめさせようと、彼らはできるかぎり妨害したけれど、まったく惑わされなかった。私は地下食料品店で見習としての報酬をもらい、そのお金で音楽の勉強を賄った。ほかの面ではこの時代、とことん節約して、抜け出そうと、前へ進もうとしていた。どこから抜け出すのか、どこへ進んで行くのか、もう問う必要はなかったし、振り返ることはもう自分に許さなかった。私はシェルツハウザーフェルト団地に、地下食料品店に行かねばならなかったのだ、プファイファー通りにたどり着き、アリアを歌って、幸福になるために。晩にはメンヒスベルクに登り、梢の下に腰を下ろして何も考えず観察して、幸福だった。フェルゼンライトシューレ[*1]の上に位置するところにお気に入りの場所があって、そこで、下のフェルゼンライトシューレから聞こえて

＊1　フェルゼンライトシューレはザルツブルク音楽祭の会場の一つ。オペラの上演等に使われる。当時は天井がなく、演奏が外に聞こえた。

くるオペラに耳を傾けることができた。『魔笛』を聴いた。『魔笛』は私が人生で初めて聴きまた観たオペラであるが、この中から私は間もなく三つの役、ザラストロ、弁者、パパゲーノを歌うことになった。このオペラ、これまでの生涯で可能な限り何度も観、何度も聴いたこのオペラでは、私の音楽的願望のすべてが、もっとも完璧な形で叶えられていた。そこの木の下に座って耳を傾けたのだ。この感覚を、この世のほかの何物とも交換したいとは思わなかった。あるいはグルックの『オルフェウスとエウリュディーケ』を聴き、このオペラのためにあやうく理性を引き渡してしまうところだった。何年ものあいだ、メンヒスベルクに登り、フェルゼンライトシューレで上演されるオペラのリハーサルを聴いた。何年ものあいだ、このやり方で自分の音楽の勉強をより豊かなものに、より充実したものにし、完璧なものにすることができた。のちには自分でもリハーサルに参加して、音楽祭の複数の上演、ミサや、オラトリオを歌った。しかしその間に、そうした時代の中に、突如として別の時代が入り込むことになった。見習い修業を始めて三年目の十月のある日、私は満十七歳を越え、ほとんど十八歳になろうかというところだったが、トラック一杯に積まれた何トンものジャガイモを、店の前で荷下ろししなければならなかった。降りしきる雪の中で風邪をひき、重いインフルエンザに罹《かか》った。高い熱を出して何週間も家で寝ていたが、仕舞にこんな例外的状態が馬鹿馬鹿しくなってきた。まだ熱があるにもかかわらず、起き上がり、出勤し、そしてこの明らかな愚行の代償を支払うことになったのだ。病へと引き戻された私は、四年以上のあいだ病院と療養所に縛り付けられ、重くなったり和らいだりということはあったものの、いわば、生と死のあいだを彷徨《さまよ》ったのだ。私は祖父から、早朝、ほとんどいつも五時前には起床する習慣を受け継いでいて、この習慣はこれまでずっと変わっていない。日課は繰り返される。絶え間ない倦怠感に抗い、何をやっても無意味だという意識に囚われながらも、どの季節も、毎日の同じ規律によって対処している。隔絶された状況は、長い期間にわたって体と精神の完全な孤立を招いたが、迷わず自分が必要とするもののみに完全に従うことで、自分と折り合いをつけている。絶対的再生の時代はその反対と交替する。自分の本性からくる種々様々な動揺と、それが何であるにせよ万有というものに引き渡された私は、ただ、正確に定まった日々の日課をこなすことによってのみ、自分を維持することができるのだ。自分に抗うことによって、実際、いつも自分に反対することによってのみ、私は存在することができる。書いているとき、何も読むことはしない。読んでいるとき、何も書くことはしない。そして長期にわたって何も読まず、何も書かない。どちらも同じように忌々しいことなのだ。ずっと前から書くことにも読むことにも辟易して、無為に、つまり、ほじくり返すような思考に身を委ねている。一面では、たぐい稀なものである自分の極めて個人的な破局について、他面では、日常的であると同様に不自然で、人工的で、倒錯すらしているこの状況の中で、時とともに形成されてきた私という存在、今の私のすべてを確認するものとしての、ひどく個人的な破局について、あれこれほじくり返すことに身を委ねているのだ。私が躓《つまず》き、絶望してしまいかねない罠、半ば気が狂ってしまいかねない日々の罠は、それを完全に暴いてしまえば効力を失う。同じように、はっきり解明しさえすれば、私を攻撃し、殺してしまいかねないものなど何もない。存在を解き明かすこと、見抜くだけでなく、できる限り高い程度にまで日々解明することが、存在と折り合いをつける唯一の可能性だ。以前、私はこの可能性を持っていなかった。命にかかわる日々の存在の戯れに介入するための、悟性も力も、持ち合わせていなかった。今ではそのメカニズムが自然に動き出す。それは日々の整理だ。頭の中は片づけられ、ものごとは毎日しかるべき場所に置かれる。不要なものは撥ねつけられ、ごく簡単に頭の中から追い払われる。遠慮しないということもまた、歳を取った徴《しるし》なのだ。流行を超越するには、孤立していること、精神が何物にも惑わされないことが唯一の助けとなる。どれほど多くの精神的流行が傍を通り過ぎていったことか。低俗な寄生虫たちはいつも活動している。しかし、売り切れの出る産物で市場を支配している輩は容易に見分けられ、時とともに自分で自分の汚濁の中に踏み込んで行く。生き残っていく者は、自分が獲得したもののため、離れた場所に具合のいい片隅を確保しておかねばならない。空気は薄いが、私はそうした空気に慣れている。あれかこれかの秤《はかり》は、もうだいぶ前から均衡状態にある。常套句と根本的なものと、どちらを高く評価するか？ ナンセンスであることに変わりはない。

私はすべてに耳を傾け、何にも従わなかった。今もなお実験している。結果が分からないということが独立独歩の者を魅了するのだし、今また私はそうした孤独者なのだ。ずっと前からもう言葉の意味を問わなくなった。言葉はあらゆるものの理解を難しくするだけだ。人生それ自体、存在そのもの、すべてが決まり文句だ。今私がしているように過去を思い出せば、すべては自ずと片付いていく。私たちは一生のあいだ、お前のことは何でも知っているぞと言い張る人々と一緒にいる。ごくわずかなことすら知らないくせに。近親も、友人たちも何も知らない。なぜなら私たち自身、自分のことをわずかしか知らないのだから。私たちは一生自分を探求しようとするが、何度も何度も精神的手段の限界に突き当たり、諦める。こうした努力は意識を完全に失わせ、いつもいつも、致命的なほど、死ぬほどがっかりさせて終わる。実際、資格がないために私たちが決して主張しようとはしないことを、人々はお構いなく非難する。ところがそうした人たちは、故意かどうか知らないが、私たちに関することすべて、私たちのうちのすべてを見逃しているのだ。私たちは皆、他の人たちから見捨てられた存在であり、新たな日が始まるたび再び自分を見つけ、集め、構成しなければならない。私たち自身が下す判決も年齢とともに厳しいものとなるが、逆方向からくる倍に厳しい判決を、甘んじて受けねばならない。資格のない人たちがあらゆる場所を支配していて、そのため至極当然なことながら無関心も生み出されていく。繊細な感受性を持っていて傷つきやすかった長年月を経て、今、私たちはほとんど鈍感で傷つきにくくなった。負わされた傷に気づきこそするが、もう昔のように過敏ではない。昔より強く周りを打擲《ちょうちゃく》するが、昔より強い打擲に耐えている。生は昔より短く酷い言葉を話すが、同じ言葉を今や自分が使っている。まだ希望を抱き続けられるほど、私たちはセンチメンタルではない。希望をなくしたことで、人間、対象、種々の事情、過去、未来等々、明瞭に考えられるようになった。私たちぐらいの歳になると、自分自身が、生涯自分の身に降り掛かったことすべての証しになるものだ。私自身は三つの経験をした。一つは祖父の経験。一つは、私にとって祖父ほどには重要でない他のすべての人たちの経験。そして自分の経験だ。その一つが他の二つと一緒になって、どうでもいい事に惑わされる数多の危険から私を守ってくれた。私もまた、いつも二つの存在を生きてきたということ、それは否定できない。一つは、真実にもっとも近く、それを現実と呼ぶ権利を私が実際持っている存在、もう一つは、演じられた存在。二つが一つになって、次第に私が生きられる存在が生まれた。代わる代わる、あるときは一方が、あるときは他方が優勢ではあるけれども、私がいつも両方の存在を生きているということ、これははっきり言っておきたい。今日この日に至るまで、両方を生きてきた。今の自分を形成したすべてを実際経験したのでなかったなら、おそらく私は、それらを自分のために案出し、同じ結果に至ったことだろう。抜き差しならぬ状況は、新たな日が始まるたび、新しい瞬間が訪れるたび、私を先へと運び、病気と、そしてずっとあとになって現れた死の病は、結局私を中空から、確かで、無頓着にもなれる地上へと引きずり下ろした。すべてが不確かこの上ないことは知っているが、今、ほぼ確かだと私が思うのは、自分の意のままになるものなど何もないということ、すべては、繰り返しながらも途切れることがないとはいえ、生き残った存在としての魅力に過ぎないということだ。今の私にとってはすべてがかなりどうでもよいことなのであり、その意味で私は実際いつも、負けた賭けの中でとにかく最後の勝負には勝っているのだ。祖父が抱いた幻想を私は持たなかった。祖父と同じ過ちに染まることはなかった。世界は、祖父が考えていたほど重要ではない。世界のすべては、祖父が生涯ずっと恐れていたほどの価値はない。大きなもの言い、仰々しい語彙を、私はいつもその本当の姿で捉えた。つまり、言う資格のない人たちの言い分、耳を傾けてはならない言葉として。祖父が陥り、人生を苦いものにした貧困は、私を承服させなかったし、祖父が夢見た豊かさもまた、私を納得させることはなかった。私が歩んだ幾つもの道は、祖父が既に歩んだ道だった。これは私の利点だった。これらの道をさらに深く知る可能性を得たのだから。富める者の中の貧者、貧しき者の中の富める者という常套句、定型句に、私は自分で、かなり早くに新しい常套句、定型句を付け加えた。インテリの愚という表現だ。呆然自失したとしても、いつだって、生涯嵌まり込んだ劇を終わりにすることはできたであろうに。小道具と小道具係と、すべての俳優と、一切合切を粉々にぶち壊すことによって。だが、祖父にはその力がなかった。祖父はオペラを憎んでいた。そして演劇に感嘆した。が、オペラは憎むべきものではなく、演劇は感嘆すべきものではない。ある種の人々が憎まれるべきでなく、他の人々が感嘆されるべきでないのと同じだ。憎しみと感嘆のあいだで、ほとんどの人は自分を破壊する。祖父は六十八年の生涯の中で、この二つの概念に打ち砕かれた。私を例外として、誰にとっても祖父は、道の先導者でありえただろう。だが、私は決して一つの道を歩む人間ではなかった。本当のところどんな道も歩まなかった。おそらく、この果てしない、それゆえまた無意味な道のどれかを行くことにいつも不安を感じたからだろう。この道を行こうと思えばできるさ、といつも考えた。が、行かなかった。今日まで行かなかった。何らかの出来事はあり、歳を重ね、立ち止まることはしなかったが、それでも、一つの道を行くことはなかった。私は、自分にしか分からない言葉を、ほかの誰にも理解できない言葉を話している。誰もが自分の言葉しか理解しないのと同じだ。分かっているなどと思っている人間は、阿呆か詐欺師かどちらかだ。私が真剣なとき、真剣さは理解されず、いずれにしろ常に誤解された。レベルの高い機知には作り方というものはないらしい。それゆえ誰もが、どんな人、何をしている人であれ、何度も何度も自分に跳ね返される。自分しか頼ることができない悪夢だ。人々の言うとおりにしていたら、私はもはや存在しなかっただろう。新しく始まる日々、現実となった毎日が、それを証している。自分が、自分の頭の中で鉱脈を探る占い師のような存在に思われる。どんどん回転速度を上げ、中にあるすべてを絶えず砕いて粉々にする存在機械の一部、その犠牲が私ではないか？　そう自問する。答が出ることはない。私の性格は、あらゆる性格を一つにしたもの、私の願いは、すべての願いを一つにしたもの、私の希望も、絶望も、驚愕もしかり。ただ演技だけが、そしてまたその反対が、ときどき私を救ってくれる。逃げ場を探しているとき、私たちは資格のない人の前に立たされる。逃亡者の走り方は、彼の精神状態を表す。どんどん逃げて行く彼の姿を私たちは見るが、何から逃げているのかを知らない。すべてに対して、すべてから逃げ出したように見えるけれども。人は初めの瞬間からずっと逃げている、人生から、初めの瞬間から知っている人生から、それを知っているがゆえに、知らない死の中へと逃げている。私たちはみな、一生頑《かたく》なに、この同じ方向へ逃げているのだ。私が四歳、五歳、六歳のときに始めた人生という劇場は、既に数十万の登場人物の虜となった舞台であり、初演時以降、上演は改善され、小道具は交換され、演じられる劇を理解しない役者は追い出された。いつもそうだ。この人物たちのいずれもが私であり、これら小道具のすべてが私であり、私が劇場監督なのだ。で、観衆は？　私たちは舞台を無際限に拡大できるし、小さくしぼませて、頭の中の覗きからくりにすることもできる。私たちがいつもアイロニカルにものを見ることができたのはよいことだった。すべてに本当に真剣ではあったけれど。私たちとは私のことだ。私たちは先入観をすべて壊し、それを再構築して拡大した。贅沢をした。高慢だとか、横柄だとか、思い上がりだとかいう言葉で人々が何を言いたいのか、分かっている。言われていることは正しい。なぜなら、すべてが正しいものだから。何も撤回される必要はない。借用証と恥、私たちはすべてを支払う。私たちに対してなされた予言、そのうちの何も実現しなかった。見せられた虚像、それはとうに偽りであることが明らかとなった。私たちは考えに取りつかれ、盲信と狂気に身を委ねた。その報いはあった。もし私たちがもっとも近いと言われていた人たちの言葉に従っていたら、どうなっていたことか。見た通り、いつも彼らの言葉とは反対のものが、生きられる展開をもたらした。それは滑稽な展開だったかもしれないが。まさに悪夢そのものだったが、生きることのできる悪夢だった。ときに私たちは、これは悲劇だと主張し、ときにはその逆を、つまりこれは喜劇だと言う。ところが、今は悲劇だ、今は喜劇だ、と言うことはできない。とはいえ俳優らは、私の悲劇と、そして私の喜劇の無意味さを得心している。彼らはいつも正しい。左から登場するよう指示すると右から登場したし、逆もまた然りだったが、彼らにはそれが見えなかった。彼らは、私たちの劇の本質を理解していなかった。俳優たちは何が演じられるのか分かっていないが、それは私自身、何が演じられるのか分かっていないからだ。頭のおかしい者の手のうちを覗いてどうなる？　たとえその人が、自分は正気だと言って譲らないわけではないとしても。子供とはいつも劇場監督だし、私はごく小さいころから劇場監督だった。はじめは百パーセント悲劇を上演し、そのあと喜劇を、そしてまた悲劇を舞台にかけたが、その後入り混じって、もう悲劇なのか喜劇なのか区別がつかない。観客は戸惑う。彼らは私に喝采したが、今ではそれを悔いている。彼らはおし黙って私を笑いものにしたが、今ではそれを悔いている。私たちはいつも先を考えて、喝采すべきかやめておくべきか、分からないのだ。私たちの精神状態は予測できない。私たちはすべてであり、何ものでもない。ちょうどその真ん中を行き、遅かれ早かれ破滅するのだ。それ以外の主張はいずれも馬鹿げている。私たちは言葉の真の意味で、劇場から出発した。自然とは劇場そのものであり、劇場そのものであるこの自然の中で、人間とは、もはや大して期待のできぬ俳優なのである。

三、四年前、いわゆるシュタートト橋のたもと、市役所のアーチ門の前でのことだ。有名な傘の店が今もあり、隣に同じくらい有名な宝石商が店を出しているあの場所だが、私を呼ぶ男の声が聞こえた。振り返ると、呼んだ男の姿が見えた。五十くらいの男で、作動させずにまっすぐ立てたジャックハンマーに寄り掛かっていた。上半身裸で、機械工が穿く青い作業用ズボンの上に、垂れ気味の腹が乗っかり、汗だくで、まったく歯が見えず、頭にはわずかな毛髪しか残っていなかったが、刺すような目つきだった。男が大酒呑みだということはすぐに分かった。一方、対照的にひょろりと痩せて背が高い、脂汗の染みた麻の野球帽をかぶった同い歳くらいの同僚は、仕事を続けていた。見たところこの同僚は、太った男がジャックハンマーで地面から砕き、粉々にしたコンクリートの瓦礫《がれき》を積み上げているところだった。二人はシュタート橋の改修工事で、市のガス管あるいは水道管を掘り出す作業をしていたのだ。私は太った男の顔を見た。明らかに男は私を知っていたのだ。しかし私には、彼が誰なのか分からなかった。午前中、人がごった返す中で立ち止まっていたが、この男が誰なのか、思い出すことができなかった。彼は私であることに気づいたが、しかし私のほうは、どこでこの男と知りあったのか、自分に説明することができなかった。一方で、確かにこの顔を見たことがあるとは感じたけれど、ずっと昔に違いない、とも思った。男の記憶は間違っていなかった。男は、私が思い出す前に説明してくれた。俺の母ちゃんが持って行った瓶に、あんたが何度もラム酒を入れてくれたもんだよ、と言った。シェルツハウザーフェルト団地の、カール・ポドラハの店で。昔、店の前の段で頭に怪我をしたというんで、店の横の部屋にあった箱からあんたが包帯を取り出して、それを巻いてやった相手、そいつがこの俺だよ、と言った。この出来事は思い出すことができなかったが、二十五年前に若者であった男の姿を私は、すぐに思い出した。彼に言わせると、私は当時まだこんなに小さくて、店のカウンターから顔を出すのがやっとだった。誇張はあったが、男は基本的にすべて正しく観察していた。自分の青春時代であった昔を思い出し、楽しんでいるようだったし、私もまた、この機会に自分の青春であった昔を思い出して楽しんだ。そして私たちは黙ったまま、口を利かずいくばくかのあいだ、あの時代を思い出していた。男は私のことを何も知らなかったし、私は彼について、何も知らなかった。午前中、シュタートト橋のたもとで、大勢の人間が行き交う真ん中で、私たちは、シェルツハウザーフェルト団地で共通の青春時代を送ったということ、自分たちが生き延びたということ、それぞれがそれぞれのやり方で、生き延びたのだということを、ともに確認した。それぞれに、途方もない苦労をしながら年齢を重ね、二十五年を過ごして来たのだということを。ジャックハンマーを使っていたその男は、突然、私が何年ものあいだ忘れていたザルツブルク市の汚点、シェルツハウザーフェルト団地のことを思い出させたのだ。ザルツブルク市がこの汚点から中心部へと人を招じ入れるのは、ごく低級な労働をさせるときだけなのであった。今でもシェルツハウザーフェルト団地の人間は市で一番低級な仕事に従事しているのに、そばを通る人たちは何とも感じないのだ、と思った。ポドラハはその後どうなったのか、ポドラハは何をしているのか、と男は訊ねた。が、私は何も知らなかった。男は助手ヘルベルトのこと、見習いカールのことを尋ねた。ヘルベルトは独立して、エルネスト・トゥーン通りで焙煎コーヒー店を開いたし、カールは外人部隊に入ったが、とっくに戻って来ている、と私は言った。カールは何度も牢屋に入ったそうだ。私はそれを、店の上階に住んでいた婦人から聞いて知っていた。冬でも裸足で走りまわってた奴がいただろ、そいつがこの俺さ。夏も冬も、一年中、と言った。私は思い出せなかった。ジャガイモの荷下ろしがしんどそうだったとき、何度も手伝ってやっただろ、という男の言葉で、思い出した。よく、おじさんが飼っていた犬一匹を連れてスポーツ競技場に行き、競技場の真ん中に向かって投げた木片を犬にとって来させたものだ、という。暇つぶしに何時間もそうしてたのさ。男はいくつか名前を挙げた。どれも私の知っている名前だった。店の中で毎日言われ、呼ばれた客の名前だ。それらを私は二十五年ものあいだ耳にしたことがなかった。そのうちのあれやこれやの名前について、もう死んだ、と男は言った。自然な死に方をした者も、不自然な死に方をした者もいたという。俺には妹がいたんだが、米兵にくっついてアメリカに、ニューヨークまで行って、そこでくたばっちまいやがった。妹のこと、覚えてるか？　ほんとに別嬪だったぜ。ポドラハは怖かったぞ。二、三個リンゴをくすねようとして見つかったんだ。リンゴだけじゃないけどな、盗ったのは。今の若いもんは昔がどんなにひどかったか、ちっとも分かっちゃいねえ。戦争、戦後、ナチ、米兵、全部ひっくるめてまさに地獄だったぜ。でも、ちっとばかしそんな話をしたって、奴らにゃなんにも分からねえ。俺《おり》ゃ、あの店でラム酒を瓶に注いで、お袋の寝床に持ってってたもんさ、何年もな。お袋のやつ、その寝床でくっ死んじまいやがった。でも、やさしかったぜ、お袋は。骨と皮ばっかりになっちまって、癌で、一年は生きたが、ラム酒を呑んで、ラム酒に浸した丸パンしか口に入れなかった。信心はあったが、生きてるあいだ一回も教会にゃ行かなかったな。神は畏れてたが、カトリックじゃなかったぜ、と言った。そのあと男は、私が今何をしているのか尋ねた。もの書きだよ、と答えた。彼にはまったく理解できなかった。もの書きという言葉で何もイメージすることができなかったが、それ以上深くは訊かなかった。タバコは持ってるか？　持ってない、と応じた。ポドラハのことは尊敬してたよ、怖かったが、尊敬もしてた。ひどく商売上手だったからな。ウィーンから来た奴らは、利口な奴ばかりだった。この男も田舎者の例にもれず、ウィーン人を軽蔑していたのだ。ある意味（と男は言ったが、それがどういう意味なのか言わなかったし、そこには理解すべき意味などなかった）、俺は自分の状況に満足してるさ、こんなしみったれた状況だがな。俺ぐらいの歳になると、どうだっておんなじことなのさ、何もかも。人生にしがみついてはいるが、いつ終わったっておんなじだ。同じ、これだった。それが歳をとって分かることなのだ。どうであれ同じ。私にとっても、今この時点で、すべては同じだった。素敵な、はっきりとした、短くて、印象に残る言葉、同じ。私たちはお互いを理解した。男は、一緒に昼飯を食べに行かないかと誘った。私は回り道することにして、一緒にシュテルンブロイガルテン[*1]

＊1　ザルツブルクの旧市街、ゲトライデ通りに今もある小さなカフェ。

に入り、ビールを飲み、ソーセージとパンを食べた。自分が実際こんな人生を送るなんて、昔は思っていなかった、と男は言った。文字どおりそう言ったわけではないが、そういう意味のことを言った。私も事情は変わらなかった。シェルツハウザーフェルト団地が蘇り、その真ん中に、カール・ポドラハが蘇っていた。私たちは多くを思い出した。あばよ！　どうだっておんなじことさ、と別れ際に男は言った。それはまるで、私の台詞のようだった。今の私のモットーは、どうでもよろしいということなのだ。それは、かつてあったもの、今あるもの、これから存在するだろうものはどれも、同じ価値でしかない、という意識だ。高い価値、より高い価値、最高の価値などというものはない。そう考えれば、すべての片は付いた。人間はあるがままで、変えることはできないし、人間が作ったもの、今作っているもの、これから作るであろうものもまた同じ。自然には、価値の違いなどというものはない。いつもいつも同じ弱点を持ち、来る日も来る日も、体や心に汚れをまとった人間たちばかり。誰かがジャックハンマーを使いながら絶望するか、タイプライターの前で絶望するかは、同じことだ。理論だけが、これほど明らかなことを分からなくする。哲学や科学はどれもこれも、不要な認識で明瞭なことを曇らせてしまう。ほとんどすべてが走破されてしまった現在、これから何が起ころうと驚きではない。どんな可能性もすべて考え尽くされているのだから。これほど多くの過ちを犯し、苛立たせ、邪魔をし、壊し、台無しにし、そして自ら苦しみ、学び、しばしば疲れ切って、自ら命を捨てかけ、道に迷い、遠慮し、そしてまた無遠慮に振舞った者は、これから先も迷い、多くの過ちを犯し、苛立たせ、妨げ、破壊し、滅茶苦茶にして、自ら苦しみ、学び、ヘトヘトになって、半ば命を捨てて、そうしたことのすべてを終わりまで続けていくだろう。が、結局のところ、すべては同じ。カードは次から次へとめくられる。存在の跡をたどること、自分の存在、ほかの人々の存在の跡をたどるというのが、最初の思いつきだった。私たちは、他のいずれの人のうちにも自分を認める。そして存在している限り、こうした人間の各々になるよう宣告されている。私たちはみな、これらの存在と存在者を合わせたすべてなのだ。自分を求めてどれだけ頑張ってみても、見つけることはない。私たちは正直であり明瞭でありたいと夢見た。だが、それは夢のまま変わることはなかった。私たちは何度も諦め、そしてまた始めた。なお何度でも諦め、また始めることだろう。だが、すべては同じこと。シェルツハウザーフェルト団地のジャックハンマーを持ったあの男が、私のモットーを言ってくれた。すべて同じだ、と。自然の本質は、すべてが同じということなのだ。あばよ！　どい、いいいいいい、うだっておんなじことさ。あの言葉が、繰り返し聞こえる。彼の言葉が。それは彼の言葉であると同時に私の言葉でもあるのだけれど。私自身これまで、元気でな！　すべてはおんなじことさ、と繰り返し言ってきたのだけれど。だがあの言葉は、あのとき言われねばならなかったのだ。私はそれを忘れていた。私たちは一つの人生を生きるよう宣告されている、つまり終身刑だ、一つの、または多くの罪ゆえに。自分が犯したわけではない罪だが、ひょっとすると私たちは、あとから来る人たちのためにまた同じ罪を犯すのかもしれない。私たちは自分で自分を召喚したわけではない。突然ここに現れ、一瞬にしてもう責任を負わされることになったのだ。私たちは抗えるようになった、もはや何も、私たちを打ちのめすことはできないし、私たちはもう人生にしがみついてはいない、が、この人生を簡単に打《う》っちゃることもしない、そう、私は言おうとしたのであった。だが、言わなかった。ときおり私たちはみんな、頭を上げて真実を、あるいは真実のように見えることを言わねば、と思うが、またその頭を引っ込める。それがすべてだ。

訳者あとがき

ザルツブルクの二つの顔

個人的体験から述べることにしたい。私が初めてザルツブルクのまちを訪れたのは一九八八年七月末のこと。ちょうど夏の音楽祭が始まったばかりのころだった。この季節にザルツブルクで宿を取るのは至難の業と言われているが、運よく駅から遠くないところに安宿を見つけ、そこに荷物を置くとすぐ外に出て、市の中心部に向かった。ミラベル庭園をぶらつき、マカルト橋を渡って旧市街に入った。モーツァルトの生家の前に出たあと、青物市場《グリューンマルクト》に並ぶ露店のあいだを抜け、レジデンツ広場の、とあるチケットショップに入った。その日の公演のチケットがないか、尋ねてみたのだ。来られなくなった人の券を仲介販売しているその店で、ちょうど初日を迎えるアルフレート・ブレンデルのシューベルト・チクルスの券を手に入れた。歓喜して店を出たあと、大聖堂とその背後に聳える城を眺め、旧市街をあちこち巡りながら、晩に来ることになるだろう祝祭劇場の場所を確かめておこうと思った。そして、ヘルベルト・フォン・カラヤン広場からマックス・ラインハルト広場のほうへと、ホフシュタル通りを歩きはじめたとき、祝祭劇場の玄関前に、カメラを手にした人が大勢立っていることに気づいた。すると、背後から黒い高級そうな車が数台走ってきて、玄関前に停車し、建物に誰やら入っていくらしい様子が見えた。カメラマンは次々にシャッターを切った。あっと言う間に車は走り去ったが、構えていたカメラをゆっくりと下ろした一人のカメラマンの表情が、それまでの高揚した笑顔から、次第に苦り切った、憤怒をこらえる表情に変わっていくのを、私は見た。カメラマンは、まっすぐ私を睨んでいた。おそらく彼は気づいたのだ。たった今、祝祭劇場に入って行った重要人物、それは名だたる芸術家だったかもしれないし、どこかの国の大統領だったのかもしれないが、その人物とともに、世界都市ザルツブルクの輝ける一コマを捉えたはずなのに、その写真の片隅に、向こうからトボトボやって来る、みすぼらしい服装をした、風采の上がらぬ東洋の若者の姿が映っているということに。これで、今撮った写真は使い物にならなくなった。怒って当然のことだろう。

こうして私は、ザルツブルクというまちの華やかな表の一面を早くも知ることになった。買ったチケットの裏を見ると、音楽祭の雰囲気に即した服装でお越しください、と書いてある。ザルツブルク音楽祭と言えば、男ならネクタイ以外は黒づくめ、女性も格調高くドレスアップして行くべき催しであることは知っていた。だが、バックパッカーとしてユースホステルを渡り歩いていた貧乏学生の私は、チケットが手に入ることすら予想しておらず、大きいとはいえぎゅうぎゅう詰めのリュックサックにスーツ、あるいはジャケットの一枚すら、入れてくる余裕はなかったのだ。

その晩、昼と同じみすぼらしい格好で小雨の中に立ち、躊躇いがちに入口を覗いていた私を、係の男性はこのうえなく親切な物腰で中へと案内してくれた。だが、内部は何といたたまれない空間だったことか。着飾った人々のあいだを抜け、目もくらむ煌びやかな世界の中を、まっすぐ自分の席に行って座った。あとから来た人を通すため、何度も立ち上がらねばならないのが辛かった。私の頭から足先まで、あからさまに検分する人もいた。舞台にブレンデルが出てきて、『楽興のとき』が始まり、『さすらい人幻想曲』へと移っていったころ、ようやく私は、心の平穏を取り戻すことができた。いたたまれない休憩時間を挟んでリサイタルの後半が終わると、耳に残る余韻を聴きながら、中央駅の近くにあった安宿まで、歩いて帰った。当時の私は、そこから西のほうに歩いてザルツァハ川を渡ればレーエン地区に至るということ、その一画に、かつて「シェルツハウザーフェルト団地」と呼ばれる団地があったということを、知る由もなかった。ましてや、四十年前そのシェルツハウザーフェルト団地で働いていたトーマス・ベルンハルトが、半年後の、一九八九年二月に亡くなるということなど、夢にも思っていなかった。

ザルツブルクの夏の音楽祭は、一九二〇年に演出家マックス・ラインハルト、劇作家フーゴー・

フォン・ホフマンスタール、作曲家リヒャルト・シュトラウスによって軌道に乗せられたもので、ドイツのバイロイト音楽祭に対抗するオーストリアの音楽・演劇祭として、特にモーツァルトのオペラを主軸とした演目で知られる。とはいえ、ウィーンフィルなどによるオーケストラコンサートや、著名な音楽家のリサイタルも目白押しで、毎年大聖堂前で上演されるのが恒例の劇『イェーダーマン』を始め、戯曲の上演も多く、俳優による朗読会もある（日本語では「音楽祭」と訳すが、原語では音楽に限定する意味はない）。ザルツブルクといえば、この音楽祭を思い浮かべる人が多いだろうし、観客は世界中からやってくるから、夏の音楽祭はこのまちの輝かしい表の顔と言える。一方でそのザルツブルクにも、表に出すことが躊躇われる別の領域、人々が忌避し、作家トーマス・ベルンハルトが「汚点」と呼んだ暗部があった。それが、シェルツハウザーフェルト団地である。

団地の建物のうち、最初期の九棟は既に取り壊された。『地下』が書かれる直前、一九七三年のことである。しかし、ベルンハルトが働いていた地下食料品店の入っていた建物は、リニューアルされたとはいえ、現存している。団地の南側の道路は今でも、「シェルツハウザーフェルト通り」と言い、かつて団地内にあって名前がなかった道は、九〇年代に「トーマス・ベルンハルト通り」と命名され、現在に至っている。今もこの辺りに住んでいるのは低所得者層であり、移民らしい人の姿が目に付く。しばしば、「誇張の芸術家」と呼ばれるベルンハルトではあるが、シェルツハウザーフェルト団地の描写に関するかぎり、必ずしも誇張ではない。元々この団地は、貧しい人々のために建設されたものであり、市当局にとって厄介な、見て見ぬふりをしておきたい存在だったようだ。

ベルンハルト研究家マンフレート・ミッターマイヤーによれば、[1]シェルツハウザーフェルト団地の最初期の建物は、一九二八年から二九年にかけて建設された。ごく簡素な、細長い二階建ての棟九つであった。市の所有地に建てられたものだが、この一帯は一七七〇年まではシェルツハウザー家の私有地であり、団地の名はこの家に由来する。一九三〇年から三一年にかけて、三階建ての八棟が東側に建設されたが、その一棟の地下に一九三九年、カール・ポドラハが食料品店を開いたのである（本書のカバーに使用した写真は、ポドラハの店の入口に下りて行く階段部分を写したものである）。同じ年、団地には三棟が増築されている。

そもそも、二〇年代から三〇年代、オーストリアの各都市には矢継ぎ早に社会住宅が建設された。その一部は、ウィーンのカール・マルクス・ホーフのように今も残っているが、社民党市政下の「赤いウィーン」のみならず、市民層が支配的であったザルツブルクのような都市でも、労働者のための団地の建設は盛んに行われた。

レーエン地区は、一九三五年まで市の外縁に位置しており、団地の周囲は野原であった。四〇年代後半になってもベルンハルトの通勤ルートには、今とは違い、わずかな建物しかなかった。当時団地に住んでいたのは一二〇〇人程度で、例外なく貧しい単純労働者の家庭だった。失業、アルコール依存症、犯罪は日常的だったが、当局はこれを放置し、団地住民は公共サービスに与れないこともあったようだ。たとえば、団地そばの道路では車の往来が多く、住民は騒音と砂埃に悩まされていたが、市の散水車は団地の手前で引き返していた、とミッターマイヤーは紹介している。

「反対方向へ」
『地下』は、トーマス・ベルンハルトが一九七五年から八二年にかけて発表した自伝五部作の第二作であり、内容的にも第一作『原因』に続く時代を扱っている。『原因』は主に、語り手であり主人公であるベルンハルトが、ザルツブルク市内の男子寮に暮らしながら中等学校に通った時代を回想したものである。それは第二次世界大戦末期から終戦直後にあたり、主人公は青年期に特有の自殺願望を抱いてはいるものの、度重なる空襲に遭遇し、多くの死を目の当たりにして、震撼する。戦争が終わると彼は、ドイツからザルツブルクに引っ越してきた家族と狭い住居で暮らし始め、学校も、基幹学校《ハウプトシューレ》から、ギムナジウムと呼ばれるエリート中学校に転入するが、やがてこの学校を辞めることを考えるようになる。そこまでが『原因』の内容であった。それ以前の時代、出生から幼少期までは、五部作最後の『ある子供』に至って初めて語られるのだが、日本語訳では順序を変え、本来五番目の『ある子供』を最初に、つまり『原因』の前に上梓した。とはいえ、語られた時間は、『ある子供』の終わりが『原因』の始めに、『原因』の末尾が『地下』の冒頭へと飛躍なく繋がっている。

（1）シェルツハウザーフェルト団地の歴史およびカール・ポドラハについての記述は次の書籍に依っている。Mittermayer, Manfred; Veits-Falk, Sabine (Hg.): Thomas Bernhard und Salzburg. 22 Annäherungen. Salzburg (Otto Müller) 2001, S.101-109.

ベルンハルトが通っていたギムナジウムは、ザルツブルク市の中心部、バロック建築で統一された旧市街にあった。『地下』の主人公はある日、通学の途上で踵を返し、ギムナジウムとは反対の方向へと人生行路を変える。シェルツハウザーフェルト団地の地下食料品店での見習い修行である。実際、作者ベルンハルトはラテン語試験で二度目の落第が決定的となった一九四七年春、ギムナジウムを中退している。ギムナジウムと言えば大学に進学するための中等学校であり、将来は官僚や医師、法律家、大企業の管理職といった地位につくことが期待される「優秀な」生徒が通い、その親たちも現にそうした職にあって社会の上層をなしている人々だった。成功とは縁遠い「郷土作家」ヨハネス・フロイムビヒラーの孫として極貧の家庭に育ったベルンハルトは、ギムナジウムに支配的な市民《ブルジョア》的雰囲気にまったく馴染めなかったようである。逆に彼は、ザルツブルクの「汚点」、「辺獄」、あるいは「地獄」と彼が呼んだ貧民街、シェルツハウザーフェルト団地で働くことで、生きる術を見出していく。

ベルンハルトが通ったギムナジウムは、現在のザルツブルク大学神学部の建物であり、観光客でにぎわうゲトライデ通りにも、祝祭劇場にも近い。この建物から、ヘルベルト・フォン・カラヤン広場を通って、メンヒスベルクの下を貫くトンネルを抜け、少し行くと、右手にライヒェンハル通りが始まる。『地下』の主人公が突然踵を返し、来た方向に走って行った道である。ライヒェンハル通りを端まで行くと、大きな道路（アイグルホーフ通り）に出るが、これを右に折れてしばらく行けば、右手は州立病院入口、左手はベルンハルトが当時住んでいたラデツキー通りという地点に至る。そのまままっすぐ行くとアイグルホーフ通りはルードルフ・ビーブル通りに変わり、線路をくぐってレーエン地区へ、かつてのシェルツハウザーノフェルト団地へと通ずる。要するに、当時のベルンハルトの住まいから見て、シェルツハウザーフェルト団地は、地理的にもギムナジウムと正反対の方向に、すなわち市の中心とは正反対の方角に位置していたのである。

食料品店店主カール・ポドラハは、一九一四年ウィーン・シュヴェヒャートに生まれた実在人物であり、若い時分には音楽家を志し、指揮者の試験にも合格して、ジャズバンドを率いた時期もあった。経緯は分からないが、一九三九年、ザルツブルクに移り住み、シェルツハウザーフェルト団地に食料品店を開いた。この店を彼は一九七三年まで所有していたが、ベルンハルトが『地下』を書いた七五年、店はとうに閉鎖されたあとであった。『地下』が出版されて間もなくポドラハのもとには、かつてシェルツハウザーフェルト団地に住んでいた人々からの怒りの電話や苦情が殺到した。彼らは、ポドラハがベルンハルトに情報提供したものと考え、激昂したのである。カール・ポドラハは、一九八三年十二月、ザルツブルクで亡くなっている。

音楽への目覚め

『地下』に描かれているのは、主人公が社会の中核、とりわけギムナジウムに代表される上層世界から身を引き、誰も直視しようとはしない社会の最底辺で働くことで自らを生かす道を見いだしていく過程である。その意味で主人公の行動は社会の支配的価値観に対する疑義、反抗と捉えることができる。もちろん、若者が社会の規範や支配的価値観に直面するのは、家庭や学校といった社会化の諸機関においてであることは言うまでもなく、『地下』においても、自伝の語り手にとって最大の関心事は、家庭であり学校であり、見習い修業の場としての食料品店であって、ギムナジウムの教師や祖父、ポドラハといった「教育者」たち、つまり人的環境と主人公との関係である。

ところが、既成の価値観や社会規範を代表するものとしてのギムナジウムから飛び出した主人公ではあるが、店員見習いをしながら、自らのうちに音楽への情熱を（再）発見することにより、社会の表舞台に戻ることを考えるようになる。

商店見習いを続ける一方、主人公は、ザルツブルク旧市街のプファイファー通りに住んでいた往年のソプラノ歌手、マリア・ケルドルファーに弟子入りし、歌のレッスンを受けるのである。ケルドルファーも、夫君で音楽学者のテオドール・ヴィルヘルム・ヴェルナーも実在の人物であり、ベルンハルトが弟子入りした一九四八年当時、ケルドルファーは六十九歳、ヴェルナーは七十四歳であった。ケルドルファーはドレスデンの宮廷歌劇場でリヒャルト・シュトラウスのオペラ『ばらの騎士』が初演されたとき（一九一一年）、ゾフィー役を歌っていたと『地下』にはあるが、正確には初演時のゾフィー役はミニー・ナストであり、ケルドルファーは貴族の三孤児役のソプラノを歌っていた。ゾフィーを歌ったのは、その後間もなくのことである。

歌のレッスンとヴェルナーによる音楽理論の教授は、元音楽家ポドラハと交わす音楽談義とともに、数年前までバイオリンを習っていたベルンハルトの音楽への情熱を目覚めさせる。ケルドルフファーにオペラ歌手としての将来を約束され、自らもオペラ歌手になることを夢見て兄弟弟子たちとプライベートコンサートに出たことが、『地下』には述べられているが、ベルンハルトの音楽的経歴に関しては、『地下』に触れられていないこともある一方で、決定的音楽体験として描かれているのに現実とは符合しないエピソードもある。

『地下』に書かれていない出来事としては次のものがある、ミッターマイヤーによれば、ベルンハルトは見習い時代の一九四八年、祖父の背広を無断で拝借して単身ウィーンに赴き、ウィーン音楽大学入学と国立歌劇場合唱団への入団可能性を探っている。ウィーン滞在中、祖父に宛て、音楽大学への入学を許可してくれるよう懇願した。[1] 実際には入学も入団もしなかったが、その理由は明らかではない。ウィーンに行っていれば食料品店は辞めることになっただろう。

この時代の重要な音楽体験として『地下』に言及されているのは、メンヒスベルクの上から音楽祭の公演を聴いたというエピソードである。夏の音楽祭期間中、会場の後ろにある小高い山、メンヒスベルクに登って、会場の一つであるフェルゼンライトシューレの上に位置する木の下に座り、オペラに耳を傾け、幸福感に浸ったというものだ。そのとき聴いた作品として語り手は、モーツァルトの『魔笛』とグルックの『オルフェウスとエウリュディーケ』を挙げている。ハンス・ヘラーのベ

（1） Mittermayer, Manfred: Thomas Bernhard. Eine Biografie, Frankfurt/Main: Suhrkamp 2015, S. 71f.

ルンハルト伝もミッターマイヤーのベルンハルト伝も、またベルンハルト・ユデックスによるモノグラフィーも作家の言葉をそのまま紹介しているが[1]、訳者が調べたところ、『魔笛』に関しては、実際の上演と時期の点で符合しない。これは、のちの出来事が無意識にこのころの体験として記憶されたか、あるいは意図的な潤色と考えるべきであろう。

当時フェルゼンライトシューレには屋根がなく、プローベや本番の際、メンヒスベルクの上で音楽に耳を傾ける人が少なくなかったことは事実である。ベルンハルト自身、一九五二年の新聞記者時代に書いた記事の中で、『魔笛』の練習をメンヒスベルクから聴いた感慨を述べている。だが、彼が店員見習いをしていた四七年と四八年には、音楽祭で『魔笛』の上演はなかった。『魔笛』がヴィルヘルム・フルトヴェングラー指揮によりフェルゼンライトシューレで上演されたのは、翌四九年から五一年の三年間であるが、『地下』の終わりにあるとおり、ベルンハルトは四八年の十月にひいた風邪がもとで急性肋膜炎を発症、結核の疑いも出たため、四九年には病院と療養所に入り浸ることになる。夏の音楽祭で『魔笛』が上演されたちょうど初日、彼は、ザルツブルクから列車で一時間も離れた山あいの結核療養所に入るのである。

一方、グルックの『オルフェウスとエウリュディーケ』のほうは、見習い時代のベルンハルトが聴いていてもおかしくはない。このオペラは一九四八年、フェルゼンライトシューレで、ヘルベルト・フォン・カラヤン指揮により上演されているが、そもそもここがオペラの上演会場として使用されたのはこのときが初めてであった。四九年にも同じ演目がフェルゼンライトシューレで、ヨーゼフ・クリップス指揮で上演されている。したがって、『地下』で言及された二つのオペラが同時期に上演されたのは一九四九年のみであるが、この年にベルンハルトが両方を聴いたことは非常に考えにくく、考えられるとすれば、四八年に『オルノェウスとエウリュディーケ』を、病気で見習い修業を辞めたあとの五〇年から五二年のあいだに『魔笛』を聴いたということである。『魔笛』はベルンハルトが最も愛したオペラであったから、このオペラとの出会いをそれなりに演出して綴ったということではあるまいか。『魔笛』との最初の本格的出会いは、ケルドルファーのもとでザラストロや弁者、パパゲーノを歌ったことではないかと私は推測する。

いずれにしろ音楽は主人公にとって、社会の表舞台に出て行く一つの道標となる。彼は、商人として独立し、同時に歌手になることの両方を目指すのである。それは、周囲によってあらかじめ与えられた枠組みや価値観から自らを解放したうえで、独自の道を通って再度、社会の表舞台で闘おうとする試みである。『地下』の続編『息』と『寒さ』を読めば、二つとも叶わぬ夢で終わることが分かるのだが、しかし、作者ベルンハルトはのちに劇作家として、ザルツブルク音楽祭という最高の舞台に

(1) Höller, Hans: Thomas Bernhard. Reinbek bei Hamburg (Rowohlt) 1993, S. 101; Mittermayer, Manfred: Thomas Bernhard. Eine Biografie, a. a. O., S. 71; Judex, Bernhard: Thomas Bernhard. Epoche-Werk-Wirkung, München (C. H. Beck) 2010, S. 85.

登場することになる。そこで上演された最初のベルンハルト劇はまさに、モーツァルトの『魔笛』に取材したものであった。

その劇『無学者と狂人』は、クラウス・パイマン演出、ブルーノ・ガンツらの出演により、一九七二年、夏の音楽祭の演目として州立劇場で上演された。主人公は『魔笛』で夜の女王を歌うソプラノ歌手だが、彼女のファンである外科医師と、彼女の父親の三人が主要登場人物である。死体解剖について長口舌を続ける医師、機械的なまでに精密な超絶テクニックによって「コロラトゥーラ・マシーン」と化した歌手。この二人が象徴する冷たい光の世界としての科学と芸術は、死へと通ずることが暗示され、やがて会場が真っ暗闇に覆われることで、すべてが死に呑み込まれて終わる。その意味でこの劇は、ザラストロが体現する理性の光が夜の女王の支配する感性の闇を駆逐して終わるオペラ『魔笛』の啓蒙主義を裏返しにしたものであると同時に、人生の絶頂期に死神の訪れを受ける男の葛藤を描いたホフマンスタールのアレゴリー劇『イェーダーマン』のテーマにも通じており、また台詞の端々には、文化産業としての音楽祭の観客に対する揶揄も聞きとれる。ザルツブルク音楽祭はもともとモーツァルト祭りとして企図されたものであるし、創始者の一人であるホフマンスタールの『イェーダーマン』上演は毎年の恒例であるから、ベルンハルトの劇『無学者と狂人』は、幾重にも音楽祭への批判的寄与となっているのである。

先に述べた通りこの劇では、ト書きで、会場内を暗闇にして終わることが指示されていた。非常灯まで消して真っ暗闇を実現しようとした演出家パイマンの意に反し、音楽祭本部は、消防法に触れることを理由に真の暗闇を実現しなかったため、対立が生じ、新聞をにぎわすスキャンダルとなった。劇は結局、初演の一回きりで終わったが、ベルンハルトはその際、音楽祭に電報を打ち、「二分の闇にも耐えられない社会に私の劇は必要ない」と、痛烈に抗議した。ベルンハルトと音楽祭の関係は以前から波乱含みであったのだが、こうした成り行きにもかかわらず、以後も、ベルンハルトはザルツブルク音楽祭の常連作家であった。

言葉への懐疑

『地下』を論じる際よく取り上げられる問題をもう一つ挙げるとすれば、言語懐疑というオーストリア文学に特徴的な観点がある。これは文学と非文学の境界的ジャンルである「自伝」というものをどう理論的に捉えるかという問題とも関係する。

文学テクストをテクスト外の事実を根拠にして説明しようとするやり方は実証主義と呼ばれるが、これは十九世紀に盛んに用いられた方法である。その際、文学の外にある事実とは、作者その人であり、テクストは作者に由来すると考えられたから、作者の持って生まれた才能や気質、生い立ち、環境、時代背景を調べること、すなわち伝記的研究が文学研究の主軸であったといって過言ではない。現代では、テクストが作者ひとりに由来するとは考えられていないし、作者とはもはやテクストを理解し解釈する際の権威や基準とは受け止められていないため、実証的伝記主義は文学へのアプローチとして主流ではない。もちろん、作家の伝記は今も多く書かれ、その内容はかつてなく詳細な調査に基づいているが、そうして集められた「伝記的事実」および作者の自作解説が無批判にテクスト解釈の根拠とされることはない。フランス人ルイ・ユゲが書いたフロイムビヒラーとベルンハルトに関する詳細な『年譜』[1]にしても、ハンス・ヘラーやミッターマイヤーのベルンハルト伝にしても、伝記研究は、ベルンハルトのテクストの創作性や虚構性を浮き彫りにしたり、文学の社会的機能を考察したりすることに寄与しているといった方がいいだろう。それは、ベルンハルト自身が書いた自伝にもあてはまる。

そもそも、「自らの生を記したもの」(Autobiographie)としての自伝においては、実証的伝記研究とは異なり事実のみが記されるわけではなく、当然、読者を意識した演出や弁明が幅を利かす。フィリップ・ルジュンヌは一九七〇年代、「自伝」ジャンルを小説と区別しつつ理論的に説明したが、ルジュンヌの言う「自伝契約」も、実在の人物が自らの人生を回顧的に語るのだという、主にパラテクストを通じた作者と読者との了解(契約)の上に自伝が成り立つことを述べたものであり、事実かどうかは問題にしていない。現時点から過去を回顧するという語り方から考えても、自伝契約によって読者に示すことができるのは、今、何を思い出すか、何を語れるか、ということであり、事実の保証ではない。これは当たり前のことではあるが、実際のところ、いわゆる「自伝」が出版されるたび、内容が事実と異なるという非難が巻き起こる。ベルンハルトの自伝五部作もそうであった。

ベルンハルトの場合そうした非難が絶えない要因としては、実際の人物や出来事が言及されるという自伝特有の前提の中で、語り手が歯に衣着せずあれこれ弾劾しているという点がある。そのうえ語り手は、記述が真実であることを繰り返し強調しているようにも読める。実際、自伝の読者が期待するのは、出来事をもっとも近くで体験した人間、すなわち当事者による生々しい語りである。そうした期待に応えながらも、弁明や潤色をそれとなく混ぜ合わせ、いかにも真実だという印象を与えることができたとき、読者は迫真性に打たれるのかもしれない。

しかし、ベルンハルトの自伝五部作、とりわけ『地下』では、真実であることを強調しつつも、同時に根本的な言葉への懐疑、真実を捉えることの不可能性が言及され、堂々巡りの議論となっている。それは、自伝における証言が必然的に嘘とならざるを得ない根本的事情の確認であり、真実を捉え表現することができない言語への原理的不信である。こうした不信はもちろん、ここで強調された「真実」をも相対化せずにはおかず、読者は、真実という絶対的価値基準そのものが、自伝五部作を通じて問題化されているのだということを悟る。

ホフマンスタールの『チャンドス卿の手紙』にしろ、ムージルの『寄宿生テルレスの惑い』にしろ、オーストリア文学において言語懐疑、ロゴスによる現実把握の不可能性は繰り返し主題化されてきたものだが、ベルンハルトも『地下』において、嘘であることを免れ得ない言葉、演技としての生、あらゆる価値の相対性に言及することで、自伝五部作全体の創作性を担保しているのであり、そ

（1）Huguet, Louis: Chronologie. Johannes Freumbichler – Thomas Bernhard. Weitra (Bibliothek der Provinz) o. J. [1995].

の意味でこの自伝五部作は、素朴な事実報告の枠を超えて、多様な解釈を促す開かれた文学テクストとなっている。

『地下』は一九七六年、ザルツブルクのレジデンツ出版から上梓された。自伝五部作全体の成立史については『ある子供』『原因』の「訳者あとがき」で詳しく述べたが、『原因』出版から一年足らずでベルンハルトが原稿を持ち込んだとき、編集者は驚いたという。原稿はタイプライターで書かれているが、当初あったザルツブルク人に対する罵り（カトリックでありナチであるザルツブルク人）や、執筆のためのメモに記されていたカール・ポドラハのホモセクシュアリティに関する言及は最終稿には残っていない。

翻訳の底本としては左の初版を使い、適宜 suhrkamp 社の全集版を参照した。Als Grundlage der Übersetzung diente die Erstausgabe:

Der Keller. Eine Entziehung. Salzburg: Residenz Verlag 1976.

『原因』の翻訳を刊行したあと、当書の出版まで大分時間を要してしまった。様々な仕事で幾度となく長い中断を余儀なくされたためである。そんな中、勤務先の龍谷大学から短期国外研究の機会をいただき、二〇一八年秋と一九年春のあわせて二ヶ月あまり、オーストリアに滞在した。当翻訳書はその際の成果の一つである。オーストリア滞在中、ベルンハルトの実弟ペーター・ファビアンさんと奥様、ベルンハルト伝の著者マンフレート・ミッターマイヤー博士、レナーテ・ランガー博士など、多くの方々からご教示をいただいた。心から謝意を表する。特に思い出深いのは、オットナング近郊の人里離れた森の縁にあるベルンハルトの家の屋根裏部屋に住んで、翻訳の仕事に従事したことである。それは貴重な時間であった。

Ich bedanke mich herzlich bei allen, die mir bei der Übersetzung behilflich waren. Vor allem erinnere ich mich an die Märztage, in denen ich, im Bernhard-Haus bei Ottnang wohnend, mich dieser Arbeit hingeben konnte.

最後に、なかなか進まない翻訳作業をずっとお待ちいただき、訳文に関していつもながら適切なアドバイスを頂いた松籟社の木村浩之さんに、心から感謝します。

【訳者紹介】

今井　敦（いまい・あつし）

1965年生まれ。中央大学文学部卒業、中央大学大学院文学研究科博士課程単位取得満期退学。1996年から2000年にかけてオーストリアのインスブルック大学に留学、同大学にて哲学博士（Dr. Phil.）取得。

現在、龍谷大学教授。

専攻は現代ドイツ文学。

著書に『三つのチロル』、訳書にハインリヒ・マン『ウンラート教授』、ヨーゼフ・ツォーデラー『手を洗うときの幸福・他一編』、トーマス・ベルンハルト『ある子供』『原因』がある。

地下　ある逃亡

2020年9月27日　初版発行　　定価はカバーに表示しています

著　者　　トーマス・ベルンハルト
訳　者　　今井　敦
発行者　　相坂　一

発行所　　松籟社（しょうらいしゃ）
〒612-0801　京都市伏見区深草正覚町1-34
電話　075-531-2878　　振替　01040-3-13030
url　http://www.shoraisha.com/

印刷・製本　モリモト印刷株式会社
装丁　安藤紫野（こゆるぎデザイン）

Printed in Japan

Ⓒ 2020　ISBN978-4-87984-394-4　C0097

原因 一つの示唆

トーマス・ベルンハルト 著 ／ 今井敦 訳

●四六判・ソフトカバー・160 頁
● 1,700 円＋税
● 2017 年 12 月発行

没後四半世紀を経た今もなお多くの読者をひきつけるトーマス・ベルンハルト。この恐るべき作家を作り上げた「原因」を探る自伝五部作第一作。

20 世紀後半のドイツ語圏文学を代表する作家トーマス・ベルンハルト。その全作品を解く鍵と言われる自伝五部作の第一作が本書『原因』である。

ここで描かれるのは、第二次大戦下、ザルツブルクで過ごした中等学校時代。日々暮らしていた寄宿舎での体験、空襲、戦後の荒廃のなかでの生活を回想し、ナチズムや教育機関への、また故郷ザルツブルクへの悪罵を書き連ねながら、ベルンハルトは、自らを作り上げた「原因」を探っていく。「怒れる作家」の原点ともいうべき作品。